Favorite Wild Animal Stories

·Small Animals·

# 最着迷野生动物故事

# 小动物

雨街 · 著



北京大学出版社
PEKING UNIVERSITY PRESS

**图书在版编目（CIP）数据**

最着迷野生动物故事·小动物／雨街著.—北京：北京大学出版社，2013.1

ISBN 978-7-301-21691-0

Ⅰ.①最… Ⅱ.①雨… Ⅲ.①动物－儿童故事－作品集－中国－当代 Ⅳ.①I287.5

中国版本图书馆 CIP 数据核字（2012）第 284984 号

**书　　名：最着迷野生动物故事·小动物**
著作责任者：雨　街　著
责 任 编 辑：刘祥和
标 准 书 号：ISBN 978-7-301-21691-0/I·2552
出 版 发 行：北京大学出版社
地　　址：北京市海淀区成府路 205 号　100871
网　　址：http://www.pup.cn　新浪官方微博：@北京大学出版社
电 子 信 箱：zpup@pup.cn
电　　话：邮购部 62752015　发行部 62750672
　　　　　编辑部 62755217　出版部 62754962
印 刷 者：三河市北燕印装有限公司
经 销 者：新华书店
　　　　　965 毫米 ×1300 毫米　16 开本　10 印张　8 插页　110 千字
　　　　　2013 年 1 月第 1 版　2015 年 9 月第 2 次印刷
定　　价：25.00 元

# 目录 Contents

# 野兔萨萨特

在其其格大草原上，有一个高大的土丘。土丘上还长着一些低矮的树木，树木下长着稀疏的蕨麻委陵花，也有绿油油的狼毒花。野兔萨萨特一家就住在这里。

夏季的草原特别炎热，只有当夕阳在天际慢慢落下后，才会有凉爽的风，就像绿草一样从地里生长出来。

野兔萨萨特一家也感觉到了洞外的温差变化，陆续从洞里钻出来，在夕阳的余晖中四处觅食和玩耍。

萨萨特的爸爸公野兔长得非常强壮，他出洞后的第一个动作就是后腿猛地向上一跳，然后挥舞着前爪，在空中来一个转体，身体瞬间就在空中变换了方向。接着，在后腿落地的刹那，猛地在地上一蹬，力度极大！只是这一蹬，他就像弹簧一样又跳了起来，并借助惯性向前冲去，一下子就跃出去七八米远。

野兔妈妈母野兔瞅着公野兔像风一样远去，然后又像风一样刮回来，转眼间，就用爪子在地上画了一个大大的圆圈。更神奇的是，公野兔脚下带起的尘土飘浮在空中，在夕阳的映照下，像一个金色的大光环。

萨萨特学着公野兔的样子把身体跳向空中，但身体在空中刚转到一半就落到了地上，然后也学着公野兔的样子，向远处跑去。

母野兔见萨萨特跑远了，就用后腿“咚咚”地敲击着地面，意思是：“别跑远了，危险！”

其其格草原上有鹰，也有草原狼、狐狸和野狗。作为弱小的兔子，必须要时刻注意周围是不是有危险存在。

果然，就在萨萨特跑出去没多久，远处就传来野狗低沉、粗犷的吼叫声。

母野兔感觉要出什么事了，真是心急如焚。她一遍又一遍地用后腿敲击着地面，时不时用后腿站立起来向远处张望，寻找着萨萨特的身影。

就在这时，远方有三条野狗向这边跑过来，吼叫声也越来越近。公野兔知道不能再等下去了，只见他身形一缩，接着向上一跳，朝着野狗奔来的方向跑去。

野兔在奔跑之前，总要先向上跳跃一下，这是在观察前面的路况。因为一旦真正奔跑起来，就没法观察前面的情况了，所以公野兔每跑一段路，就会猛地向上跳一次。

野狗的吼叫声简直要把母野兔的心撕碎了，她在原地不停地蹦来蹦去，虽然洞口就在身边，但她就是迟迟不肯躲进去。

公野兔面对三条野狗也觉得不寒而栗，但他为了救回萨萨特，就必须用自己的身体当诱饵，把三条野狗引开。想到这里，公野兔又是一个侦察跳，果然发现那三条野狗像拉满了的弓箭，正在紧紧追逐着萨萨特。

萨萨特虽然身手没有公野兔敏捷，但一天天学习公野兔的奔跑技巧，也学会了大多半。

只见他像射出去的子弹一样奔跑着，遇到土坡，还会加重后腿上的蹬力向前猛跳，身体也随之跃出去三四米远。

三条野狗没想到这只未成年的野兔也会跑得这样快，他们像是和萨萨特较上了劲，身形向下一低，身体的重心也随之降低，向前奔跑的样子就像在草尖上飞一样。

萨萨特毕竟是一只未成年的兔子，逃跑的经验还不足，尽管他拼命在前面跑，可没过多久，还是被三条野狗追上了。

眼看野狗的嘴巴就要咬到萨萨特了，只要野狗再加把劲，纵身向前一跃，萨萨特必定被扑在身下。

三条野狗的嘴巴大张着，舌头长长地伸在外面，唾液也随着舌头的抖动四处飞溅着，有的还溅到了萨萨特的身上。

萨萨特也意识到了自己的处境十分危险，他只有猛地来个急转身，才能摆脱野狗的扑杀。只见萨萨特后腿猛地冲着奔跑的反方向用力一蹬，身体就向别的方向跑去。

野狗转弯显然没有萨萨特灵活，追在最前面的那条狗，后腿也随之向反方向发力，身体就像突然踩了刹车一样，身体转到一半，后腿一滑，“扑通”一声摔在地上。后面的两条野狗显然被摔倒的野狗吓了一跳，身体向上一跃，就从摔倒的野狗身上跳了过去了，仍以飞快的速度追赶赴着萨萨特。

三条野狗很是气恼，这只野兔像是故意耍弄他们似的，总不停地在原地兜圈子，既不知道躲藏，也不知道跑回自己的洞穴。他们哪里知道，这是萨萨特故意采取的拖延战术，为的是让家中其他兔子趁此机会躲藏好。野兔遇到袭击时不向着自家洞穴的方向跑，那也是他们本能的表现。

三条野狗追逐了一会儿，渐渐掌握了萨萨特奔跑的规律，领头的那条野狗稍微变换了一下追逐的姿势，由外面包抄，就可以缩小野兔的奔跑空间。另外两条野狗便心领神会，同时向相反的方向跑去，然后又悄悄地跑回原地，埋伏在草丛里。

萨萨特没有注意到野狗的变化，仍一阵风似的向前奔跑着，很快萨萨特就进入了另外两条野狗布下的埋伏圈，追逐的那条野狗竟然“汪——汪——”地叫了起来，这也是野狗之间传递信息的一种

办法，好像提醒说：“兔子来了，别让他跑了！”

萨萨特不知道后面的野狗为什么狂叫，就在萨萨特愣神的工夫，埋伏在前面等候的两条野狗闻听到那只野狗的叫声，顿时从相反的方向对萨萨特形成夹击之势。

面对这么凶险的局面，萨萨特也慌了神，跑着跑着，竟然一下子停在那儿，这种状况是在后面追逐的野狗没有料到的，就连在前面夹击的两条野狗也没有想到。他们还是按着原先的速度向前奔跑着，现在竟然收势不住，后面的野狗一下子就从萨萨特的身上越了过去，并撞在前面的一条野狗身上。两条野狗相撞，发出“嗵”的一声闷响，随之发出“嗷嗷”的惨叫声。

两条野狗都身受重伤，一条野狗弯着脖子，挣扎着从地上站起来，在原地转着圈子。另一条野狗抬着一条前腿，想退出战场，但他的这条前腿伤得很重，每向前迈一步，受伤的那条腿就落下来象征性地点一下地，然后又像踩在烧红的铁片上似的，“嗷”地叫一声，迅速抬起这条腿来，根本没办法保持身体平衡。果然没走几步，这条野狗就摔倒在了地上。

另一条野狗好像对受伤的两条野狗视

而不见，一个转身，就向仍蹲在原地的野兔扑了过来，眼看萨萨特就要被那条野狗咬死。就在这时，只见从草丛中跳出一个土褐色的东西，突然出现在萨萨特和野狗中间，萨萨特一看，那是公野兔来救他了。

本来筋疲力尽的萨萨特又恢复了一些体力，掉头向一片草丛里跑去。更巧的是，草丛里竟然隐藏着一个洞穴的洞口，萨萨特想也没想，就钻进了进去。

公野兔跑到野狗面前，就是想把野狗引开，只有这样，幼兔才能脱离险境。

野狗果然上当了，“汪——汪——”地叫着，朝着公野兔奔跑的方向追赶过去。

开始，公野兔跑得并不快，那条野狗便以为公野兔更容易捕捉，注意力自然也就全放在了公野兔身上。

公野兔时快时慢地在前面奔跑着，那速度就像施了魔法一样，总与那条野狗保持着大致固定的距离。后来，公野兔突然像飞一样奔跑起来，野狗再想追，哪里还追得上。

野狗的脚步渐渐慢了下来，然后停在那儿，望着公野兔的身影不停地喘着粗气，也许这条野狗正在懊恼着：“一条野狗竟然让一只野兔子骗了，我真是好笨呀！”

公野兔摆脱了野狗的追击后，并没直接返回洞穴，而是在四下兜了几个圈子，把足迹弄乱了，然后身体猛地向旁边一跳，他的足迹就像从此突然断开了一样，假如有猎物想通过公野兔留下的痕迹来寻找，完全不会有目标。

过了一会儿，公野兔又回到了洞中。谁知，洞里只有母野兔，而小兔子萨萨特却没回来。

母野兔再也待不下去了，钻出洞口，先向上跳跃了一下，观察了一下四周的情况，然后凭着直觉，向前面跑去。

动物的感觉往往是很准的，也许是他们之间有某种生物信号的感应，或者是微弱的气味在发挥作用。总之，动物在寻找自己的同类时，判断失误的情况少之又少。

公野兔也紧紧跟在母野兔后面，只见他们跑跑停停，不大工夫，就来到了萨萨特藏身的洞穴附近。

萨萨特钻进的那个洞里住着一窝臭鼬，当时母臭鼬正给五只小臭鼬喂奶，突然听到有动物钻进洞来，睁开眼睛一看，不由大吃一惊。

萨萨特也发现了洞中的臭鼬，同样也吓了一跳，条件反射似的就向洞外跑去。母臭鼬也以迅雷不及掩耳之势向野兔萨萨特扑了过去，这送上门的晚餐，母臭鼬怎么肯轻易放过呢?!

作为弱小的动物，在弱肉强食的动物世界能够活下来，除了适应环境，懂得保护自己以外，还有一个重要的因素，那就是幸运。

萨萨特就是这么一只幸运的兔子，每在生命攸关之时，总会有意想不到动物出现，并无形之中帮助他化险为夷。

哺育中的母兽，捕食的任务常常都由公兽担任。母兽不到万不得已，是不会离开幼兽的。可今天的情况太特殊了，兔子竟然自己送上门来，所以母臭鼬一时糊涂，竟忘记了幼兽更需要保护，昏头昏脑地就追了出来。

就在母臭鼬起身追赶萨萨特之时，有一条大青蛇也潜入了臭鼬的洞穴中，因为这条蛇也在等着母臭鼬离开，好对小臭鼬发动袭击。

这些小臭鼬刚刚会爬，没了母臭鼬的保护，哪里会是大青蛇的对手。只见大青蛇的蛇头向上一抬，接着又猛地向下一落，就把一只肉球一样的小臭鼬吞入口中。其他四只小臭鼬惊恐地“吱吱”叫着，挤成一团。

也许大青蛇没想到这么容易得手吧，他在吞噬小臭鼬时显得那么慢条斯理，尾巴还惬意地摆动着。当他看到余下的四只小臭鼬惊恐地挤作一团时，大青蛇的尾巴向上一收，就把四只小臭鼬紧紧地圈了起来。只见大青蛇一边慢慢地向口中吞咽着小臭鼬，同时，好像是逐一打开身体的通道似的，

蛇身上下起伏着。不长时间，那只小臭鼬就被大青蛇吞了下去，大青蛇的腹部顿时便像一个大包子一样鼓了起来。

在吞噬小臭鼬的过程中，大青蛇的身子仍不停地翻转着，那是大青蛇在收紧腹部的肌肉。没多长时间，缠在大青蛇躯体中的四只小臭鼬就像一个肉饼似的，被挤压在一起。

野兔萨萨特逃跑的速度显然没母臭鼬追赶的速度快，他刚逃出洞口，便被母臭鼬一口咬住了。

萨萨特知道自己已经无法逃脱，这倒反而激发了他的斗志。只见他后腿猛地向上一踢，正踢中母臭鼬的下巴，母臭鼬没有料到野兔会向自己反击，更令母臭鼬没有想到的是，她已经张开的大嘴，在野兔萨萨特后腿的撞击下，又硬生生地合上，而伸在外面的一截舌头，竟然被自己的利齿咬断了。

母臭鼬发出一声吓人的尖叫，顿时鲜血从嘴巴里喷溅出来，母臭鼬甩了一下头，那血水就像雨点子，甩了萨萨特一身。

公野兔和母野兔刚一赶到，就看到萨萨特被母臭鼬一口咬住，公野兔就像自己被咬中了一般，身子一下子弹跳到空中，并在空中翻转着。母野兔也是急得团团乱转，因为此时她不知道用什么办法才能救出自己的孩子。

然而让公野兔和母野兔意想不到的事情发生了，母臭鼬的嘴上突然有血水流出来，看那样子就知道是母臭鼬受伤了，但至于是怎么受的伤，公野兔和母野兔可没时间为这样的事奇怪。

母野兔见此情形，焦急地用后腿“咚咚”地敲击着地面，那意思就是在说：“孩子，快跑呀！”

母野兔用后腿敲击地面的声音，能通过地波震动，传送到一百五十至二百米远的地方。声音虽然很细微，但萨萨特还是通过脚垫上的触觉及时捕捉到了。他知道这是有其他兔子来救他了，他身形向下一低，便向着地波传来的方向跑了过去。

到嘴的猎物逃走了，母臭鼬就像毫无察觉一样。原来，母臭鼬的听觉全部倾注在洞内发出的声音身上，那“吱吱”的叫声，不像是小臭鼬玩耍时发出的声音，而更像是在危急中发出的求救声，特别在小臭鼬的“吱吱”声中，还夹杂着像某种动物倒吸凉气时发出的“咝咝”的细小声响。

母臭鼬身体不停地哆嗦着，身上的毛发也都竖立起来。只见她猛地转过身，前腿向下弯曲，并低下头，就要钻回洞中。

大青蛇对地面声音的变化比任何动物都敏感，就在他准备吞噬第三个小臭鼬时，猛地感觉到洞外的追逐声突然停止了，并有一个动物向远处逃去。根据从地面传回声音的力度，不用猜，就知道是野兔在奔跑，而母臭鼬则

站在离洞口不远的地方，四肢剧烈颤抖。那声音从地面传过来，对大青蛇来说可不是好兆头，更像摇响了的警铃。

大青蛇松开盘在一起的身子，脑袋左右摆动着，把已经吞进口腔中的第三只小臭鼬甩出来，然后脑袋贴在地上，左摇右晃地向洞外爬去。

大青蛇刚爬到洞口，便与低头准备进洞的母臭鼬迎头相遇。母臭鼬下意识地向后一闪，大青蛇便从母臭鼬身子下面钻了过去。母臭鼬是不怕蛇的，有时还会以蛇为食。

蛇是很阴险的一种冷血动物，他们没办法猎杀成年的臭鼬，便把目光盯在了刚刚出生的小臭鼬身上。虽然一对成年臭鼬每胎能产五六个幼崽，但能脱离蛇口并幸存活下来的却并不多。这大概就是生态平衡的一种相互制约吧。

就在母臭鼬向后一闪的这个工夫，大青蛇的大半个身子已经从母臭鼬身下逃了过去。

假如此时大青蛇的身体都是浑圆的，已经受伤的母臭鼬也许会放过他，但大青蛇的腹部此时明显有两个凸起物，显然是有两个小臭鼬已经遇害了。母臭鼬气坏了，她冲着大青蛇大吼一声，长长的下巴就向大青蛇的尾巴砸了下去。

母臭鼬这一下砸得极狠，大青蛇的尾巴在母臭鼬嘴巴的撞击下，一下子断为两截。

大青蛇狂怒了，身体一下子收缩在一起，然后又像甩开的皮鞭，向着母臭鼬的身上抽去。

母臭鼬躲了一下，没躲开。那蛇身一接触到母臭鼬的身

可爱的小兔子↓

兔子的侦察跳

清代著名画家冷枚画的兔子

兔子曾经在澳大利亚因为没有天敌而得到迅速繁殖，使草场等受到严重破坏。

出生一小时的兔子

美洲兔

清代著名画家沈铨画的兔子

北美狐松鼠

臭鼬

体，就像是有了自动缠绕功能，马上一圈圈地缠绕在母臭鼬的身上。只见大青蛇腹部的鳞片通过来回翻转，并向里收缩，身子就像越捆越紧的绳子。

母臭鼬自从断了舌头后，身上的力气也随之大减。刚才，情急之下又把嘴巴当榔头用，重击大青蛇的尾巴，伤口无疑又受到了一次重创，疼痛感让她神思恍惚，身体也不由摇晃起来。

如果母臭鼬不受伤，大青蛇根本不会有机会把她缠住，而是会被母臭鼬坚硬的爪子踩在脚下，她尖而有力的嘴巴一口咬住蛇头，然后猛地一抬头，蛇都没机会反抗，就会被撕碎。

如今，大青蛇把身体缠绕在母臭鼬身上，兴奋和恐惧让大青蛇不敢有丝毫的疏忽，以至忘记了丢掉尾巴的疼痛。

大青蛇的身体随着母臭鼬的呼吸起伏着，但仔细观察就不难发现，每当母臭鼬呼出一口气，大青蛇腹部的鳞片就像绞索似的向里绞合一次，母臭鼬的肺被不断压缩着，呼吸也就越发变得急促，反过来就更给了大青蛇绞杀她的机会。

一心想把母臭鼬绞死的大青蛇显然忘记了两点，一是自己断掉的尾巴，二是母臭鼬的秘密武器。

臭鼬遇到危险时，常常用它那特殊的黑白颜色警告敌人。如果敌人靠得太近，臭鼬会低下来，竖起尾巴，用前爪跺地发出警告。如果这样的警告未被理睬，臭鼬便会转过身，向敌人喷出恶臭的液体。这种液体虽然不能直接杀死猎物，但能使被击中的猎物短时间失明，其强烈的臭味在约八百米的范围内都可以闻到。所以绝大部分掠食者，比如美洲野猫、美洲豹，除非非常饥饿，否则是不会靠近臭鼬的。

母臭鼬身体摇晃得更厉害了，接着就像失去了筋骨支撑一般，一下瘫倒在地上，而一股臭气也被大青蛇从母臭鼬的体内挤压出来。

母臭鼬的臭气随着倒下的身体，与溅起的尘土混合在一起，把大青蛇笼罩了。顿时，大青蛇像是窒息了似的，身上的肌肉也如同打了麻醉剂一样失去了知觉，躯体像失去了弹性的绳子，软弱无力地倒在一边，而由于刚才用力绞杀母臭鼬，脊椎骨也从蛇尾处挤压出一大截，血肉模糊地露在外面。

三只兔子不敢在这里停留，因为他们知道，大青蛇的气味会随空气飘散在空中，很快就会吸引来嗜蛇的老鹰，外出捕食的公臭鼬也会随时赶回来。

经过一番生死搏斗的萨萨特哪里还敢四处乱跑。母野兔在前，公野兔在后，把萨萨特夹在中间，一转身就跳进了茂盛的草丛中。

跑了一会儿，母野兔轻轻地用后腿敲击了一下地面，那是提醒公野兔和萨萨特趴下别动，不要出声。

野兔一家都收拢起四肢，身子紧紧趴在地上，远远望去，就像是石头一样，和周围的颜色融为一体，不仔细观察，根本没法把野兔一家从中分辨出来。

萨萨特也接受了以前的教训，虽然他不明白妈妈为什么提醒自己趴着别动，但他还是学着妈妈的样子趴在了那儿，一动不动。

原来，走在最前面的母野兔发现最初追逐小野兔萨萨特的那三条野狗就在前面，因为其中两条野狗身体相撞受了重伤，已经没法行走，而另外一条野狗就像拖着一条口袋似的拖着一条野狗向前走一段路，然后返回来再拖另外一条。

也不知道那条野狗拖了多久，他们的身影才从视野中消失。

身体“化”作一块石头的母野兔像是从冬眠中苏醒过来，只见她抖动了一下长长的耳朵，身体使劲摇晃了一下，仿佛一下子就把身体中的力量摇晃了出来似的，头也不抬，沿着茅草下的小路，接着向前跑去。这也是母野兔的生存策略，只有在茅草丛里奔跑，才不至于被敌人发现。

母野兔走走停停，遇到好吃的草还会和萨萨特及公野兔一块享用。

萨萨特也真是饿了，遇到好吃的草，也从未像今天吃得这样香甜。

母野兔抽动一下鼻头，像发现了什么似的，两只前爪在地上一阵猛挖，不一会儿就挖出一块植物的根茎，送到小兔

子萨萨特的嘴边，萨萨特连头也没抬，就吃了下去。

萨萨特哪里知道，这是母野兔担心他吃得太多，提前给他吃下了助消化的灯碗碗花的根茎，同时提醒他记住刚才吃到嘴里的是什么。这样，下次如果消化不良，就可以自己挖来吃了。

天黑了，月亮像还没彻底拧亮的台灯，灯光弱弱地透过细纱般的灯罩，散发出如轻烟似的光线。整个草原也像幽静的怪物，在大片的黑暗中隐藏着自己的身影。

一匹匹草原狼首先从这黑影里显现出了身形，仰着头，冲着月亮“嗷呜——嗷呜——”地嗷叫起来。不知名的夜鸟，也像被草原狼唤醒了似的，披着黑袍子一样的外衣，在空中无声无息地滑翔着。

更多的小动物，从洞穴口探出头颅，伸长了耳朵，倾听着四周的动静，然后又悄悄地离开洞口，外出觅食。

三只野兔走出草丛，再越过前面那个高坡，就可以安全回家了。

公野兔和母野兔长长地出了一口气，他们用后腿站起身来，抬起前爪冲着月亮像作揖似的立在那儿，也许月

亮是他们心目中的神吧，会给他们带来某种暗示或者保佑。

萨萨特也学着他们的样子，站在他们的身后，直起身子，前爪还没合拢在一起，就感觉有一阵阴森森的风从身后刮过来。萨萨特回头一看，有一只猫头鹰正贴着草尖向他们飞来，难怪公野兔和母野兔没有发现。

这只猫头鹰已经在草原生活多年了，他了解草原上所有动物的生活习性，特别是对野兔的生活规律更是了如指掌。

不了解野兔行踪的动物，常常会被野兔杂乱无章的足迹弄昏了头。其实，这都是野兔为了迷惑敌人而使的障眼法。

比如在原地兜圈子，然后又踩着兜圈子的脚印倒着回到原点，许多动物就是被野兔这一招弄得不知所措，因为草原狼或者野狗在追踪野兔时，主要靠辨别野兔留下的气味，但无论怎么追踪，总是离不开原地。时间久了，草原狼或者野狗便失去追踪的兴趣，无精打采地向别处走去了。

那么野兔是怎么逃走的呢？就是在返回原点后，后腿突然发力，向着别的地方一跳，就跳出了五六米远，况且野兔逃走的方向又不固定，这些就是草原狼或者野狗

所不能想到的了。

但这只猫头鹰却和别的猫头鹰不一样，别的猫头鹰有的是落在一棵树上，敏锐的眼睛观察着四周的动静，一有适合自己捕杀的猎物，便扑上前去，将猎物咬死。但这种类似守株待兔般的捕猎方法，常常是一无所获。也有的是在高空漫无目的地四处搜寻，这种捕猎方法虽然说扩大了巡视面积，但付出的辛苦却是双倍的。

所以，这只猫头鹰从观察野兔的生活规律开始，他发现野兔虽然总会想法掩盖自己的足迹，但他们常走的路却只有一条。走的久了，那条路就被野兔的足迹踩踏硬了，草便长得稀稀疏疏的。在月光下，就像一条反射着月光的白线一样，变得极容易辨认。

自从掌握了这一技巧后，这只猫头鹰就再没有饿过肚子，就连小猫头鹰也一个个都吃得饱饱的。

昨天午夜，这只猫头鹰捕获了一只像得了肥胖症的公野兔。吃了几口，余下的肉便想带回家，但那只野兔的身体太重了，拖着他，猫头鹰根本没办法飞上天空，最后只能放弃。

也许是接受了昨天的教训，这只猫头鹰再捕捉野兔时就变得聪明了，专门对小野兔下手。

一天经过两次生死考验，小野兔萨萨特仿佛一下子成熟了，就在这只猫头鹰偷偷从背后向他袭来之际，本来站立的姿势改成了半蹲，两只前爪微曲在胸前，低头曲脖，后肩隆起。

猫头鹰的身子眼看就要接近小兔子萨萨特，便像飞机准备降落一样，尾巴下压，而翅膀却向上倾斜着，下垂的爪子，就像已经打开了的起落架，呼呼地向萨萨特飞了过来。

正是凭着这一招，这只猫头鹰才得以屡屡得手。无论是大兔子，还是小兔子，没有一只能躲过他这致命的一击。

显然，这只猫头鹰今天看来要失算了，因为萨萨特在猫头鹰伸下爪子的同时，后腿猛蹬，整个身子向后弹射，

“嘭”的一声撞上了猫头鹰的胸部。

据说，这一招叫撞鹰。

这只猫头鹰毫无防备，他满以为在捉到小兔子的同时，迅速把身体拉向高空，然后再一松爪子，把小兔子抛向地面，一个完美的捕杀就圆满地结束了。但万万没有想到的是，这次掠食却为他的生命画上了句号。

被撞中的猫头鹰便像失去控制的飞机一样，身体翻滚着，重重地栽倒在地上，翅膀上的羽毛就像失事飞机摔落了的零部件，也散落了一地。

“叭嗒——叭嗒——”这只猫头鹰不停地扇动着翅膀，开始还扇得比较有力，可渐渐那翅膀便一动不动了。因为猫头鹰的胸骨连同心脏都被撞裂了。

一连串的生死博斗，三只野兔除了惊吓还有劳累，加之夜幕降临，他们必须返洞了。尽管如此，他们并没有从附近的洞口进去，而是绕了一圈，又连续跳跃几次，从另一个洞口回家去了。

# 智勇双全的松下子

松下子是一位松鼠妈妈，她浑身都是褐色的毛发，只有蓬松的尾巴，是淡淡的棕色，摇晃着，像是燃烧在枝丫间的一团火苗。在松下子左右两边，还有四只小松鼠，他们都时常低着头，各自用前爪抱着一枚松果，津津有味地品尝着。

在四只小松鼠进食的时候，站在四只小松鼠中间的松下子始终抬着头，向四处张望着，突然，她像是发现了什么，一纵身，就向旁边的一棵树上跃了过去，拉直了的身体在空中滑翔着，只有微微上翘的尾巴，像是打开的降落伞，但也只是瞬间功夫，松下子就从这一棵树跳到了另一棵树上，然后又是一纵，从另一棵树又跳到别的树上，转眼间就没了踪影。

松下子无论遇到多大的事，都不会从自己住的树上直接下到地面。就是回家，也是先爬到附近的树上，然后跳来跳去，攀到一棵树的树梢，警惕地四下观察着，直到发现没什么异样，才会冷不防似的跳回到自己家在的树上，并“嗖嗖”地一溜烟顺着树干奔跑，直到钻进洞里，才会调转身体，向下面打量一下，然后身子向下一滑，露在洞口的小脑袋，就像一个小影子，只是一闪，就消失得无影无踪了。

四只小松鼠见松鼠妈妈走远了，也把吃剩下的松果皮用爪子向树下一推，那松果皮就像飘在空中的小船，摇晃着坠落到地上。四只小松鼠扒着树干，低着头向下看着，直到听到“啪啪”的落地声，才把头收回去，身子顺着树干一躺，蓬松的尾巴向上一抬，盖在头上，晒着太阳，暖暖地睡去了。因为松鼠妈妈不在，安安静静地待在树上才是最安全的。

需要食物时松下子便从树上来到地下，来到一片松枝旁，前爪握在胸前，后腿站立，左右看一下，然后埋下头，把地上的松枝扒到一边，将下面的土挖开，里面便露出一堆松果。

松下子和别的松鼠不一样，她心很细，每天除了采集松果，还知道晾晒，因为这是松下子和她四个孩子过冬的口粮，她可不能让这些松果霉变掉或者发芽，等松果的皮干燥后，松下子又把这些松果埋起来，然后去另一个埋藏松果的地方。在晾晒这些松果后，松下子也不会闲着，而是爬到树上采集已经成熟了的松果，不长时间，树下就扔下来密密麻麻一大片，直到这时，松下子才会两只前腿并排着向前一伸，腰也随之向下弯曲起来，那是松下子累了，她在伸懒腰呢！

等做完这些事，天色已近黄昏，整个松树林也笼罩在金黄色的寂静之中，松下子抖动了几下身上的毛发，甩掉粘在皮毛上的松针草叶，在地上向前奔跑一阵，又停下来，鼻翼蠕动着，探查空气中是否有异常气味。

每一只松鼠都有自己的领地，但也有不遵守规矩的松鼠总想着挤占别的松鼠的地盘，这些松鼠中，有的是被家族赶出来的成年公松鼠，他们四处流浪，靠偷食别的松鼠埋藏的松果为生；也有的是在竞争领地的打斗中战败的一方，急着寻找落脚的地方。这些松鼠，往往就成了松鼠之间战争的导火索，常常引发一个家族对另一个家族的战争。

以前，松鼠妈妈和松鼠爸爸在一起时，遇到外来的松鼠入侵，两只松鼠可以并肩作战，几个回合，就能把入侵的松鼠赶跑，现在没了松鼠爸爸，松鼠妈妈肩上的担子一下子就重了许多，但她从没有气馁过，为了子女，为了自己这个家，她也会拼尽全力的。

松下子抬起前爪，像洗脸似的梳理了一下脸颊上的毛发，那是她在清理毛发上的松油味，这样，嗅起空气中的气味，就没有别的气味干扰了。只见她又蠕动了一下鼻头，鼻翼也向外大张着，她嗅到了自己的领地有别的松鼠正在活动。

松下子心里升起一股怒气，几个跳跃，向着气味传来的方向奔了过去。

入侵的松鼠是一只成年公松鼠，身体也比松鼠妈妈要大许多。这时，他正在松林的空地上寻找松下子埋藏的松果，只见他不停地在长着稀疏的细茅草地上蹦跳着，他见到松下子赶过来，并没有躲藏，而是抬起前爪，把自己的身体完全暴露出来。原来，这是公松鼠在向松下子示威呢，意思是："识趣点，别给自己找麻烦！"

松下子猛地收住脚步，抬起前爪，用后爪蹲在地上，嘴里"吱吱"地尖叫着，好像在说："这片松林是我的固有地盘，现在你已经侵犯了我的主权，你快离开！"

外来的公松鼠根本不理会松下子的警告，后背贴在一棵树上，左右晃动着，使劲在上面蹭自己的身体，想把自己的气味留在上面。

蹭完身体，外来的公松鼠又在那棵树旁，耀武扬威似的用后爪直立起来，蹭过的树好像已经成了他的领地。

松下子更生气了，她肚子一鼓一鼓地，身上的毛发也竖立起来。随后，松鼠妈妈用后爪“咚咚”地敲着地面，就像古人作战时总要擂鼓一样，那意思是说：“这是我的底线，你再不走，我可要动武了！”

那个外来的公松鼠对松下子的警告毫不在意，他往前蹦跳了几步，也用后腿敲打着地面，那就是在告诉松下子：“假如你真想动武，那咱们就打一架吧！”

松下子没有退路，只见她向前一跃，高抬的前爪就落在外来公松鼠的头上，就在前爪下落的同时，又使劲向下一挠，马上有一撮毛发被抓了下来，松下子弹了一下前爪，那毛发就像飞舞在空中的棉絮，顺着风向远处飘去。

外来的公松鼠“吱”地尖叫了一声，他显然没有想到松下子会这样凶猛，但他不甘心就这样退出战斗，只见他向后倒退了几步，然后又猛地向前一蹿，两只前爪就死死地摁在松下子的身上，松下子也急忙用前爪迎战。转眼间，四只小爪子就缠斗在一起，那样子像是相扑运动员在那里较量，脱身之后，又像拳击手在猛攻。

松下子和外来的公松鼠不停地“吱吱”尖叫着，打着打着，他们就用上了嘴，开始用嘴撕咬对方。

打斗了一会儿，外来的公松鼠渐渐占了上风，松下子身上的毛被咬掉了好几块，最后还被外来的公松鼠摁倒在地上动弹不得。

外来的公松鼠也在那里喘着粗气，松下子知道，等外来的公松鼠恢复了体力，就会一口咬住她的喉咙，那么她就真的没命了。

松下子已经筋疲力尽了，她多想呼唤松鼠爸爸过来帮助她呀，可松鼠爸爸在四只小松鼠刚出生没几天，就被狡猾的狐狸给吃掉了。而四只小松鼠现在年龄还小，又不是外来松鼠的对手，就是来了，也只能是白白送命。

想到四只年幼的小松鼠，松下子身上就一下子有了力量。她身子猛地在地上打了一个滚，摆脱了外来公松鼠摁在身上的爪子，转身就逃。外来的公松鼠哪里肯放过，也一纵身，也紧紧追赶上来。看来，外来的公松鼠是一心要把松鼠妈妈置于死地。

眼看松下子在劫难逃，就在这时，有一个棕色的动物从树后扑上来，挡在了松下子和外来公松鼠之间。这是一只狐狸，显然，他对外来的公松鼠更感兴趣，因为外来的公松鼠比松鼠妈妈要肥，个头也大，吃在嘴里也许更能填饱肚子吧。

棕色的狐狸像风一样向着外来的公松鼠追了过去，松下子则爬到了树上，沿着树梢，向家的方向跳跃而去。

外来的公松鼠在狐狸的追逐下，慌不择路地向前奔跑着，没想到弱小的公松鼠在地上也能跑得像风一样快。很快，他就蹿上了一个陡坡，然后又钻到一片草丛里。但棕色狐狸跑起来的速度更快，外来公松鼠虽然在前面拼命地奔跑，转眼间就被棕色狐狸追了上来。

这时，外来的公松鼠在草丛里猛地一个转身，停了下来。飞速奔跑的棕色狐狸竟然收势不住，一下子从外来公松鼠的身上越了过去。借此机会，外来公松鼠“嗖”的一下窜到一棵树上，棕色狐狸调头再追，已经没有机会了。

是这棵树救了外来公松鼠的命。

外来公松鼠的身子紧紧贴伏在树丫上，从两只前爪中向下探出小脑袋，瞅着在地上转来转去的狐狸，身子还在不停地发着抖！

树下的狐狸，仰着头，眼睛死死盯着树上的松鼠，舌头长长地从嘴角伸出来，不停地滴着口水，喉头也上下蠕动着，显然他还在垂涎那只公松鼠。

松下子回到自己的家里，四只小松鼠见妈妈身上的毛乱蓬蓬的，不知道发生了什么，纷

北方美洲鼯鼠

一只蜜獾正在品尝自己的猎物。

纷依偎在松鼠妈妈身边，伸出舌头，舔舐着她零乱的毛发，有时松鼠妈妈的身体还会哆嗦一下，那里有伤，小松鼠舔一下都会疼。

公松鼠的到来，还有在树林里横冲直撞的那只棕色狐狸，这些都让松下子为小松鼠的未来担忧。

松下子觉得不能再等待了，她要把自己一生积累起来的经验传授给四只小松鼠。松下子好像忘记了身上的疼痛，攀附到一根树枝上，那里有已经成熟和还未成熟的松果，松下子让小松鼠都上去咬一口，成熟的松果，轻轻一咬，包着松子的外皮就爆裂开来，下面的门牙向上一顶，舌头向裂开的松果缝隙一探，一枚松子就被舌尖像小手一样抓进了嘴里，然后舌尖向外推一下松果，松果就被上唇和下唇含住了，并不妨碍嘴巴进食，这样做，在树枝上才会抓得牢，不至于从树枝上跌落下去。

没多长时间，四只小松鼠都学会了用这种方法采食松子，而不再像以前那样，用前爪捧着松果啃咬。

吃完成熟的松子，松下子又让四只小松鼠咬了一口没成熟的松果，那松果一口咬下去，马上就有又苦又涩的液体流了一嘴，四个小松鼠几乎同时把吃到嘴里的松果全吐了出来。从此，小松鼠知道了，没成熟的松果一点也不好吃。

那只追逐外来公松鼠的狐狸，站在树下等了很长时间，也不见公松鼠从树上下来。他马上想到了从前用过的一招，身体往地上猛地一躺，四肢直挺挺朝着天空，那样子就像被松鼠气死了一般。

松鼠虽然都很胆小，但一个个好奇心特别重。松鼠爸爸就是这样，被这只狐狸引诱到树下，被狐狸一个跃扑咬死的，今天他想故伎重演。

棕色狐狸一动也不动地躺在树下，果然，他这个样子很快就吸引了外来公松鼠的注意。只听外来公松鼠“吱”叫了一声，那声音好像在问:“怎么回事？”

棕色狐狸的眼睛睁开一条小缝，用眼角的余光向着树上的公松鼠扫了一眼，以观察公松鼠的动静。

公松鼠见棕色狐狸对自己的叫声，一点反应也没有，试探着向下爬了一段，抬起头打量着躺在地上的棕色狐狸。

棕色狐狸眼睛又睁开一条小缝，心里得意非凡。

狐狸的眼睛虽然只是睁开了一条小缝，但他忘记了，此时正值黄昏，天空的余光反射到他的瞳孔上，也显得格外明亮。

外来的公松鼠明白了，这只棕色的狐狸没死，而是在装死。公松鼠将计就计，从树上采来几枚松果抛下去，全砸在棕色狐狸的脸上，边砸还边“吱吱”尖叫，好像在说:“你这个骗子，我不上你的当！”

棕色狐狸见计谋败露，垂头丧气地向树林深处走去。

这只棕色狐狸也有几天没有进食了，瘦得肚皮也瘪进了肋骨中，他像是漫不经心地在那里走走停停，有时鼻子还会在某个地方贴着地皮嗅一会儿。原来，他是在寻找松下子的足迹！

松下子返回时，虽然有一部分路程是在树上返回的，但遇到有的树隔得比较远时，她就得返回地面，翘着尾巴，弹跳着向前奔跑，这就会在地上留下气味，何况松下子受了伤，留下的气味就会更浓一些。就是凭着松下子留下的时断时续的气味，棕色狐狸一路追踪到松下子居住的树下。

狐狸来到树下，而松下子也早就嗅到了棕色狐狸身上那特有的气味，她忙用前爪一一按住小松鼠的头，那意思是告诉他们敌人来了，不要出声。

四个小松鼠都很听松下子的话，一动不动地趴伏在树枝上，就像不存在一般。

棕色狐狸站在树下有些蒙，好像失去了方向感一样，不知道下一步该怎么办。

往常，松鼠一见到狐狸，都会紧张地“吱吱”尖叫，好像是在传递信息“敌人来了，敌人来了，快藏起来呀！”然后就在树上上窜下跳，好像在寻找安全的藏身之处，结果反而更加暴露了自己。如今，松下子和四个小松鼠在棕色狐狸离开之前，一动不动，狐狸就不好发现他们了，失望的狐狸在树下转了几圈后，拖着尾巴向远出走去。

松下子的这一智慧，就是从松鼠爸爸的惨死中获得的，那就是危险的东西不要靠近，对不清楚的事物不要存有太多的好奇心。

今天的情形，四个小松鼠都会牢牢记在心里的，知道以后再遇到这种情况该如何躲避风险，并好好地活下去。

外来的公松鼠并没有离开这片树林，而是更肆无忌惮地在这片树林里任意折腾，就连那些还没成熟的松果也不放过，被他一个个咬下来，扔到地上。

显然，这公松鼠并没打算把这里当成他的领地，因为他并不爱护这里的果实，而更像是破坏，等破坏完了，也许他才肯到别的地方去。

那些日子，松下子总是提心吊胆的，一听到公松鼠的叫声，她便领着四个小松鼠躲藏到浓密的松叶后面，一声不吭。

松下子知道，公松鼠对自己都那么残忍，如果碰到自己的孩子，他肯定不会放过，那自己的孩子就没命了。

那段时间，喜欢“吱吱”叫的松下子就没开心叫过，就是招呼四只小松鼠，也只是小声地“吱”一声，就马上住口，她是担心叫声会把公松鼠引来。

就这样过了两个多月，公松鼠还是发现了松下子和四只小松鼠的洞穴。

那天，天阴沉沉的，还飘着零星的小雨，吃过松果，松下子就把四只小松鼠引进洞里，他们挤在一块，不一会，被雨淋湿的毛发就干了，然后他们用爪子仔细地梳理着毛发。

松鼠的毛发，特别是尾巴，对于他们能从容地在空中跳跃很重要，蓬松的毛发，不仅可以增加浮力，而且柔软的尾巴也可以更好地稳定方向。

公松鼠好像不知道这些，仍在雨中“吱吱”尖叫着，从这棵树蹦跳到另外一棵树，而且越来越近了。

松下子的心不由得“砰砰”跳了起来，她用头把四只小松鼠拢在一起，支着耳朵，一动也不动地听着外面的动静。

而四只小松鼠，也被公松鼠尖锐的叫声吓坏了，他们趴在妈妈的身子下面不停地发着抖。松下子虽然教给了他们如何躲避其他动物，单单就没告诉他们怎样躲避同类。其实松下子也不知道怎么办，她怎么能教育孩子应对的方法呢!

“吱——吱——吱”公松鼠的叫声更近了，松鼠妈妈知道，这样用不了多久，公松鼠就会发现他们的洞穴。

松下子伸出舌头，舔了四个小松鼠的脸一下。她明知道自己不是公松鼠的对手，但也要跑出去把公松鼠引开，也许她这一出去，就再也回不来了。

四只小松鼠也伸出舌头，伸着脖子，舔舐着松鼠妈妈身上的毛发，也许他们感觉到了松下子情绪的变化，知道这是生离死别。

松下子只几个跳跃，就出现在公松鼠身后的另外一棵树上，还故意“吱吱”地叫着，边叫边向离家更远的地方跳去。

公松鼠不知道松下子是在拿自己当诱饵，把他引到远离小松鼠的地方。

公松鼠一见松鼠妈妈，更是像疯了似的尖叫起来，身子也仿佛化作了利器，呼啸着向松下子扑了过来。

原来那日，松下子和公松鼠搏斗时，用前爪在公松鼠的脸上使劲抓了一把，当时就把公松鼠的脸划出一道长长的口子。由于松下子的前爪刚晾晒过从地上挖出来的松果，上面粘了不少松节油和松果外表上的霉菌。当时因为打斗，公松鼠并没觉得疼痛，但过了几天，才发现这里又疼又痒，伤口因感染，发炎了。

伤口越痒，他就越要用前爪抓，越抓，伤口就越好不了。那些日子，公松鼠像疯了一样，破坏着松林里的松果，等伤口愈合后，那里却留下了一条长长的疤瘌，亮亮的，没有一根毛发，像是被人砍了一刀似的。

公松鼠每天想做的第一件事，就是要找到松下子厮打。他除了吃食，就是在一棵棵树上尖叫，寻找松下子的踪迹。但是从那以后，他就没听到松下子叫过，这么大的松林，要想找到一只松鼠，也不容易。

今天，松下子终于出现了，公松鼠便疯了一样追了过去。

但松下子在树上跑起来，明显比公松鼠要敏捷，因为松鼠妈妈的毛发是干燥的，身子轻盈。而公松鼠呢，整个身子的毛发早就被细雨浸透了，跑起来显得特别笨重，特别是跳跃距离远一些的树时，那尾巴就像秤砣似的直往下坠，爪子抓在树上，树皮也会发出“噼啪”的声响，说明树皮也经受不住公松鼠的重量。

公松鼠感觉身体越来越沉，他的奔跑速度也就越来越慢。尽管这样，他还是想把松下子抓住，并把她杀死。

松下子越跑，离家越远，但她始终没法摆脱公松鼠，摆脱不了就不能回家，松下子边跑边想到了一个主意。

这个主意来自她的哥哥死亡的教训，那时哥哥多次和另外一只入侵的松鼠打斗，那入侵的松鼠力气没哥哥力气大，但阴谋诡计却很多。有一次，那只入侵的松鼠在树梢上向哥哥叫阵，哥哥不知道是计，向树梢上冲了过去，而在树梢上叫阵的入侵松鼠却像从树梢上跌落一般，在树枝间跌跌撞撞向树下掉去，哥哥不明白是怎么回事呀，就低着头往下看，他哪里知道，刚才在树梢上“吱吱”尖叫的入侵松鼠已把老鹰吸引了过来，而他故意从树上向下跌落，也是为了吸引哥哥的注意力，等哥哥感觉到老鹰翅膀扇起的劲风时，再想逃，已经来不及了。只见老鹰那带有尖钩的爪子，往前一伸，然后又猛地向后一扫，尖利的爪钩，就深深地刺进哥哥的身体里，哥哥“吱吱”惨叫着，扭动着脑袋，想咬老鹰的爪子，然而老鹰的另一个爪子像探囊取物一般，往下一落，就把哥哥的脑袋攥在了爪子里。就这样，哥哥被老鹰捉走了。

只见松下子仍不停地向前跑着，不长时间，就跑出了树林，来到一片开阔地，接着又跑到一片乱石堆旁。

公松鼠见此情形，像打了兴奋剂一样，“吱吱”叫了几声，向松下子飞奔过来。那样子好像在说：“笨蛋，你离开树林，这不是找死呢！”

松下子也不出声，仍围绕着乱石堆一会儿左，一会儿右地奔跑着，而且脚下踩得“咚咚”响。

此时，松下子身上的毛发，也已经像公松鼠一样湿透了，这倒给松下子带来一个好处，因身上滑滑的，并不容易被公松鼠捉住。有几次，公松鼠的前爪已落在了松下子的身上，松下子只是向下低了一下身子，便摆脱了。

松下子也不知道围绕着这堆乱石跑了多少圈了，她浑身上下已经没了一丝力气，跑起来，腿也是软软的，跑着跑着，就一头栽倒在地上，一动也不动了。公松鼠此刻也比松下子强不了多少，他的心“扑腾扑腾”乱跳着，好像如果没有躯体阻挡，早就跳出来了。而他的四肢，则像是被细丝线提着的木偶，只是机械般奔跑着。

外来的公松鼠也想倒在地上休息片刻，但就在他欲罢不能之际，松下子先他一步倒在了地上，他的大脑指挥着四肢，冲向松鼠妈妈，过去就是一阵拳打脚踢。

但公松鼠不知道他挥出的拳一点力气也没有，根本伤害不到松下子，而白白耗尽了自己的最后一丝力气。而松鼠妈妈则利用提前倒地的机会，身体得到了休息，就在公松鼠也即将倒地的刹那，松下子身子在地上就地一滚，便翻身爬了起来，同时伸出前爪，借着公松鼠倒下的力度，猛地向前一推，公松鼠的后背就紧紧贴在一个黑漆漆的洞口之上。

公松鼠身上一丝力气也没有了，何况身体还被松下子死死抵着，要想挣脱，谈何容易呀！

就在这时，松下子感觉有一股巨大的冲击力，透过公松鼠的身体撞击到她的身上，松下子就借着这股撞击力，身体顺势向外“飞”了出去。松下子知道，刚才那股力，肯定是大青蛇一口吞噬住公松鼠的身体所发出的。

这一切都是松下子计划好了的。

借“蛇”杀鼠，就是松下子从当年那个入侵松鼠那儿学来的，她先是不停地围着乱石堆跑，就是想引起洞中大青蛇的注意。

大青蛇和老鹰不同，他很少对跑着的动物进行攻击，因为跑着的动物大都比蛇跑得快，蛇不会笨到对跑着的动物下手。所以，大青蛇仍像粗粗的绳子一样，一圈圈地盘在那儿。

蛇的听觉特别灵敏，他能从奔跑的脚步声判断出这只动物的大小和重量，松鼠妈妈和公松鼠一跑到这个乱石堆，大青蛇就知道是两只松鼠在互相追逐，至于为什么追逐，大青蛇也懒得去想，只见他又重新低下头，像箭镞一样的蛇头，略微向里收拢一下，搭在蛇身上，又闭上了眼睛。可奇怪的是，这脚步声不像以往那样，“嗖”的一声跑过来，或者“嗖”的一声跑过去，而是围绕着乱石堆绕来绕去。

这让大青蛇感到奇怪，他的蛇头猛地向上一拉，一下子拉起一尺多高，笔直地竖立在那儿，只有蛇头，随着地上传来的脚步声，来回摆动着。

乱石堆上的脚步，仍在来回奔跑着，而且速度越来越慢，脚步声也越来越轻，大青蛇已经感觉到上面奔跑的松鼠已经没了气力。大青蛇觉得这是自己的机会，蛇头向下一落，长长的蛇身就像一条滑滑的绳子，把蛇头从洞里伸了出来。

大青蛇刚到洞口，就见一个黑糊糊的东西一下子堵在洞口上，他吓了一跳，伸出分叉的蛇信子，辨别着前面的气味，等他确信堵在洞口的是一只松鼠的身体时，便不再犹豫，蛇头向回微微一收，又猛地向前伸了过去，同时张大长有倒钩的蛇口。公松鼠只觉后背猛地传来一阵剧痛，他惊恐地回头一看，发现自己的整个后背，已经被大青蛇吞噬在嘴里。

公松鼠“吱吱”叫着，四只细小的爪子不停地向前挣扎着，想抓住些什么，但此时，又有什么“稻草”给他抓呢?

大青蛇的蛇头向脖子里回缩了一下，整个蛇口完全张开，就像汽车打开了发动机上的盖板，平常看不到的东西，此时也一下子全部暴露出来了。看来，大青蛇是要把公松鼠整个吞下去!

看到这里，松下子不由打了个寒战，她想站起身来，尽快离开这个危险的地方，但她腿软得就像瘫痪了一般，根本站不起来。

松下子惊恐地闭上眼睛，她知道，大青蛇在吞噬了公松鼠后，同样也会把自己吞进肚子里。

就在松下子万般无奈之际，耳边传来四只小松鼠“吱吱”的尖叫声，松鼠妈妈明白了，那是她的孩子们在呼唤她，她艰难地弯了一下脖子，像是从口中挤出了一句“吱吱”声，回应着四只小松鼠。

松下子的叫声未落，四只小松鼠，就像四片灿烂的阳光一样，一下子照亮了松下子的眼睛。

松下子四肢在地上蹬了几下，那地滑滑的，仅留下松鼠妈妈四肢划过的痕迹。四只小松鼠见妈妈没法站起来，有的把头顶在松鼠妈妈的肚皮下，向上抬着，有的张开嘴，咬住她的皮毛向上拉，就像自己小时候，被松鼠妈妈叼着时的那样，舞动着尾巴，往回家的方向走去。

松下子疲惫极了，但她的内心被欣慰和喜悦充盈得满满的。

# 蜜獾历险记

夜幕下的草原，宁静而苍凉，只有稀疏生长的金合欢树映衬着满天的星光。

小的食草动物都已经藏进了洞穴里，翕动着鼻翼，一点点地呼吸着黑暗。大的食草动物则紧紧地聚拢在一起，像盾牌一样保护着群落里的老弱成员。只有食肉动物，像狮子、鬣狗、豹子等，潜伏在高高的尖毛草中，臀部硬硬地向上隆起，前肢用力地向下压去，好像后腿的力量随着身体的坡度也在向前倾斜着。从侧面看去，那样子就如同一张绷紧的弓，而那两只炯炯有神的眼睛所投射出的视线，则是弓上随时准备射出的箭，笔直指向猎物。

此时的草原，屏住了呼吸，只有远处的河流，如同在夜间散步的诗人，仍浪漫地缓缓流动着。

"吱噢吱噢"随着一声阴阳怪气的叫声响起，成队的鬣狗不知道从什么地方突然冒出来，他们用叫声彼此回应，一时间，怪叫声像火焰般在草原上肆无忌惮地蔓延、燃烧。这些鬣狗一边叫一边结队行走在草原的高坡上，亮度极高的眼睛，如同悬浮在暗夜中的灯笼，长长一队鬣狗，就像一条灯笼阵。

听到鬣狗的叫声，横卧在河岸边洞口的蜜獾妈妈斯兰卡动了动身子，她知道，鬣狗只要出来活动，就说明周围没有狮子和豹子那样的食肉动物，斯兰卡半睁开眼睛，继而又闭上，直到鬣狗的叫声越来越近，斯兰卡才站起身来，使劲晃动着身子。就在这时，敞开的洞口里又冒出一个小熊一样的脑袋瓜子，那是蜜獾爸爸乌托匍匐着从洞口钻出来了，他绕着蜜獾妈妈斯兰卡转了一圈，又伸长脖子，歪着头在蜜獾妈妈斯兰卡身上蹭了蹭，那样子好像在说："你辛苦了！"

斯兰卡摇着尾巴，扭动着身子，把头依偎在蜜獾爸爸乌托的身上，"嗯儿嗯儿"地低声叫着，好像也在说，"是呀，我很辛苦，但为了我们的宝宝的安全，你也辛苦了呢！"

又过了一会，洞口又探出一个更小的脑袋瓜子，斯兰卡低下头，伸出舌头舔了舔那小蜜獾的脸，那是他们的幼崽小蜜獾卡宾杰克。

卡宾杰克很陶醉地晃了晃头，也伸了个懒腰，"哧溜"一声从洞口里窜了出来，撒开腿，身子一纵一纵地向前跑去。跑了十几步后又猛地停住脚步，回头看着爸爸妈妈，见爸爸妈妈并没有跟上来，就又往回跑，一会跑到爸爸身边，撒娇似的顶顶爸爸的肚子，一会又跑到妈妈身边，伸出两只小爪子，紧紧抱着妈妈。

这是卡宾杰克生下来后第一次来到洞外的世界，难免会非常兴奋。

乌托抬起头，向着鬣狗的方向望了望，确信鬣狗已经向别的地方去了，又四下瞅了瞅，才迈开步子，低着头，一摇一晃地走到河岸下面去。

斯兰卡也随着蜜獾爸爸向河边走去，而卡宾杰克的两只前爪仍紧紧抱着斯兰卡的腰，两只后腿磕磕碰碰地随着妈妈一起往前走，不肯撒手。蜜獾妈妈只好拱起后腿，卡宾杰克这下抱不住了，从妈妈的后背上滑下来。卡宾杰克只是“嗯儿嗯儿”地抱怨了几声，眼睛马上被别的事物吸引了。

卡宾杰克看到，平静的河面突然向岸边的方向荡起了一条波纹，那样子就像在水里画了一个三角形。这是河里的鳄鱼看到蜜獾一家来到了河边，也在无声无息地向河岸靠近，靠近河岸后，鳄鱼还悄悄地仰起头，一动不动，垂钓一般等着猎物上钩。

只有三分钟热度的卡宾杰克转眼间又对一截小木棒发生了兴趣，他不再注视河里的动静，而是趴在地上用两只前爪抓住小木棒，侧着头轻轻地用牙去咬，不一会，木棒的一片树皮被剥了下来，露出光滑的韧皮部，卡宾杰克忍不住伸出

北美豪猪

褐熊↑

棕熊↑　　美洲黑熊↓　　北极熊↑

舌头去舔，凉凉的，还有一丝淡淡的苦味。卡宾杰克伸伸舌头，把树皮屑吐出来，撒着欢向爸爸妈妈跑了过去。

乌托和斯兰卡正在河边的泥土里挖八毛蚓，这种八毛蚓大约有一尺长，筷子般粗细。每当蜜獾爸爸从软软的泥土里找到八毛蚓，就会把八毛蚓放到河水里洗干净，眼睛紧紧盯着爪子里的食物，只是偶尔抬起头看一眼卡宾杰克。

斯兰卡又捉到一条八毛蚓，在水里洗净，甜美地吃着，嘴里发出“吧嗒吧嗒”的声响。卡宾杰克把嘴凑到蜜獾妈妈斯兰卡嘴边，谁想妈妈却把头扭到了一边，卡宾杰克眼巴巴地瞅了一会，低下头，也学着妈妈的样子在草丛的软泥里抓来抓去，一会抓住了一根长长的草根，使劲拔出来，一看不是，扔掉接着抓，小蜜獾终于也抓到了一条八毛蚓，这可是

卡宾杰克第一次找到食物呀，他颤抖地举起爪子，张开嘴，一口把八毛蚓吞进嘴里，结果把粘在八毛蚓身上的泥沙也吞了下去，卡宾杰克嚼了嚼，咯得牙疼不说，那黏黏乎乎的软泥粘在舌头上，口感实在太差了，小蜜獾只好把吃进去的东西又吐了出来。斯兰卡见小蜜獾卡宾杰克这个样子，低下头靠近水边，伸出舌头，一卷一卷的，舌头在水面啪啪直响，就像在用舌头弹水一样。卡宾杰克也学着妈妈的样子，眼睛斜睨着妈妈，照着妈妈的样子把舌头在水里卷了几下，粘在上面的泥就被水洗净了。

斯兰卡拔来一根粘着泥的草根，在水里摆来摆去，又让小蜜獾把刚吐出来的八毛蚓也拿过来，伸出爪子在水里摆来摆去的，不一会就把八毛蚓洗干净了，再放到嘴里一咬，就有鲜美的肉汁溢满整个口腔。

卡宾杰克终于学会了自己觅食，高兴极了，他在泥里找八毛蚓的劲头更大了，一找到就拿到水里哗啦哗啦地洗。

而在这时，乌托和斯兰卡却停止了爪子上的动作，不约而同抬起头向河岸上望去，卡宾杰克随着爸爸妈妈的视线，看见河岸上围上来亮晶晶的一圈眼睛，不知道何时，鬣狗悄无声息地围了上来。

乌托发出低沉的吼叫，而斯兰卡显得有些紧张，她把卡宾杰克护在身边，肚子一鼓一鼓的，呼吸也加快了。

卡宾杰克看着那些亮晶晶的眼睛，也有些紧张，身上的毛竖起来，身子也下意识地往妈妈的怀里躲。

这群鬣狗大约有三十六七只，只见眼睛最大最亮的那只鬣狗仰起头，冲着天空“呜嗷呜嗷”地拖着长音叫了一声，其他的鬣狗听了，好像听了多么激动人心的话语，也甩着尾巴，叫起来。

领头的母鬣狗是在告诫其他鬣狗离蜜獾一家远点，别给本首领惹麻烦。而群鬣狗发出的“哧哧”的叫声，则像是在嬉皮笑脸地说：“末将得令！”之类的意思，乱哄哄的。只有鬣狗公主发出了“呜呜”的声音，仿佛在和鬣狗妈妈唱反调，似乎撒娇似的说：“小蜜獾胖乎乎的多可爱呀，我想我有肉吃了！”

领头母鬣狗看了鬣狗公主一眼，并没把她的话当真，此时，她所要做的就是领着整个鬣狗群饮足水，然后对刚刚迁徙过来的角马群展开围捕猎杀。

领头母鬣狗低下头，迈动粗壮的前肢，一步步向河边走去，河里的鳄鱼见状，身体也缓缓地向河边移动着。

其他鬣狗就没领头的风度了，他们边扭打撕咬，边追逐嬉戏似的来到河边。他们根本没把河里的鳄鱼放在眼里，喝足了水，就踩着水边的水坑跑来跑去，一时间水花四溅。而那几头鳄鱼也对是否进攻鬣狗拿不定主意，他们在水里漂了一会儿，沉到河里消失了。

鬣狗群饮完水，领头母鬣狗扭着头原地转了一周，又仰着头冲天空一阵乱叫。

其他的鬣狗闻听到领头的叫声，耳朵竖着，脊背也挺了起来，呼吸变得凝重，周围的气氛顿时显得阴森恐怖起来。

只有鬣狗公主还在河边迈着轻快的步子跑来跑去，她看着妈妈冲天叫的那个样子，觉得十分好笑。

鬣狗公主也是第一次随妈妈外出狩猎。在她的心里，这不像是生与死的搏杀，而更像是快快乐乐的游戏，还有一点闯点祸的渴望。正是这一本能的驱使，在领头母鬣狗冲着天空“呜呜”发表狩猎计划安排时，鬣狗公主却独自来到了蜜獾一家身边。

乌托和斯兰卡并没趁鬣狗饮水之机离开，因为这么多的鬣狗，只要有一个对他们发动攻击，就会把整个鬣狗群吸引过来，此时以静制动，才是最好的保全自己的办法。乌托和斯兰卡把卡宾杰克紧紧夹在身子中间，身子紧紧贴伏在地上，那么多的鬣狗在他们面前跑来跑去，他们就像一块大石头似的一动也不动。

鬣狗饮完水，整个鬣狗群三三两两地围绕着领头母鬣狗，听她仰着头冲天嗥叫，动作快的已经向河岸上冲去，蜜獾爸爸和妈妈轻轻呼出一口气，斯兰卡还伸出舌头舔了舔小蜜獾卡宾杰克，那样子仿佛在说：“孩子，再等一小会儿这些鬣狗走了，咱们就可以回家了！”

卡宾杰克半闭着眼睛，伸长了脖子，享受着妈妈斯兰卡的爱抚，嗓子里还不由自主地发出“嗯儿，嗯儿”的叫声。

卡宾杰克一发出叫声，乌托的耳朵一下子警觉地竖起来。斯兰卡心里一惊，也警觉地把头抬起来，看着乱哄哄的鬣狗群。

果然，鬣狗群被卡宾杰克的叫声吸引了，纷纷扭过头来向这边张望，有几条鬣狗还迈着前高后低的狗腿跑过来，而鬣狗公主更是一马当先冲在最前面。

蜜獾一家又恢复了平静，一动不动地卧伏在那儿，看上去和死了没有什么两样。死了的动物是没有危险的，特别是对鬣狗这些喜欢冒险和刺激的动物而言，一只死去的小动物是没办法调动他们对血腥气味的渴望的。果然，那几条成年鬣狗停住了脚步，只有鬣狗公主还迈着比较稚嫩的脚步，磕磕绊绊地跑到乌托面前，瞪着两只小眼睛，好奇地瞅着这个怪模怪样的动物。

更过分的是，鬣狗公主还把鼻子贴到乌托的鼻子上，蜜獾爸爸知道自己一家彻底暴露了，再躲藏已经没有意义，只见他往前一窜，头重重地顶在鬣狗公主身上，鬣狗公主翻滚着身子，一下子被顶出去一丈多远。

鬣狗公主并没受伤，她嗥叫着从地上爬起来，张着嘴，挥舞着爪子又向乌托猛扑过来。

鬣狗公主的地位在整个鬣狗群仅次于领头母鬣狗，整个

鬣狗群都迁就着她，纵容着她，也就养成了她说一不二、飞扬跋扈的性格。如今她被一只小动物撞出好几米远，哪里咽得下这口恶气，她憋着嗓子，呼噜呼噜地发出愤怒的声音。

其实，乌托对鬣狗公主已经嘴下留情了，如果当时不是用头撞而是扑上来撕咬，鬣狗公主的命早就没有了。

领头母鬣狗知道蜜獾爸爸嘴下留情了，所以她站在那儿一动不动，只是静静地观察着乌托的动静。

鬣狗公主又冲了上来，乌托一跃而起，猛地往前一冲，在距鬣狗公主不足一米时，张开大嘴，发出低沉的吼叫，他是想把鬣狗公主吓退。

鬣狗公主果然被蜜獾爸爸的吼叫声吓住了，她的头往下一低，后腿也不由自主地向后倒退着。

领头母鬣狗也发出"嘿呀嘿呀"的叫声，呼唤鬣狗公主赶紧回到她身边。

鬣狗公主毕竟是第一次随鬣狗群出来狩猎，女王知道她没经验，怕她受伤。此时，领头母鬣狗见乌托并没有伤害鬣狗公主的意思，便想带领鬣狗群离开。

鬣狗虽然是群体生活，但每一条鬣狗都有相当大的自由，经常独来独往。群内成员往往不长时间在一起，这就养成了他们自由散漫的习惯。

领头母鬣狗尽管发出了招呼同伴的声音，但刚才那几条鬣狗不仅没有回到鬣狗群，反而一步步地逼近蜜獾一家。走在最前面的那条雄鬣狗露出满嘴的獠牙，前爪猛地跃起来，

身子往前一扑，身子在空中一个转体，利爪就重重地从乌托的后背上扫了过去。

乌托的后背被雄鬣狗扫了一下，身子猛地一缩，就像弹簧被一下子挤压在了一起，然后又猛地弹开，身子拉长的同时脖子也随着鬣狗身体在空中转动的方向猛扭过去，张嘴就向雄鬣狗反咬了一口。那雄鬣狗也不示弱，只见他落地的同时，前肢死死地压在地上，就在乌托又张嘴袭来之际，他先是轻巧地向左一跃，躲开乌托的攻击，然后身体又向右跃去，四肢在乌托的后背上踏过去的同时，还使足全身的力气猛抓乌托的脊背。

幸亏这是蜜獾，要是换成别的动物，后背在雄鬣狗利爪的撕扯下早就裂开了，而雄鬣狗在做出这一动作之后，身体失去了前冲的惯性，加之落地不稳，后腿被原地一个急转身猛扑上来的乌托咬个正着，只听“咔吧”一声，那雄鬣狗的后腿硬生生地被乌托咬断了。

雄鬣狗做梦也没想到，蜜獾的皮毛不仅非常厚，而且还十分油滑，就是直接用牙齿撕咬，都很难把蜜獾的后背咬穿，更何况只靠爪子的力量。这也是领头母鬣狗不肯和蜜獾一家搏杀的原因。

第一条被乌托咬断后腿的雄鬣狗，夹着尾巴，拖着断了的后腿哀鸣着逃回鬣狗群。就在雄鬣狗和乌托撕咬的同时，其他几条鬣狗也一拥而上，向斯兰卡和卡宾杰克猛扑过去。

斯兰卡本能地护着卡宾杰克，把卡宾杰克挡在身后，无奈斯兰卡无法阻挡这么多的鬣狗，没多长时间，卡宾杰克便被两条鬣狗分隔了出去，斯兰卡护子心切，她像疯了一样转动着身体，迎着袭来的鬣狗，使劲晃动着脑袋撕咬着，一群鬣狗舞动着尾巴，晃动着身子，也在斯兰卡的后背上撕咬。那样子不像一群鬣狗在和斯兰卡撕咬，更像是一群尾巴在和斯兰卡撕咬。

卡宾杰克身上还没多少力气，他哪里经受得住两条鬣狗的攻击，没几下，他就被一条鬣狗掀翻在地，另一条鬣狗趁势扑上去，一口咬住了卡宾杰克的咽喉。

乌托见状，急忙赶过来救小蜜獾卡宾杰克，同时不忘提醒他自救。

动物在遇到危险时都有自救的本领，卡宾杰克也不例外，这种本领是与生俱来的，当然，一个野生动物要想强大自己，在艰苦危险的环境中生存下去，还必须能经受起磨难的考验。此时，卡宾杰克面对的磨难唤醒了潜藏在他体内的古老记忆，在鬣狗咬到卡宾杰克咽喉的刹那，窒息感让他转动身体，鬣狗虽然还在紧紧地咬着卡宾杰克的皮，但只要咽喉那儿能动，小蜜獾就能呼吸了。

蜜獾的身体能在皮内转动，这可是其他动物所不能做到的。就在这条鬣狗愣神的功夫，乌托一口咬在这条鬣狗的脊梁上，两只前腿紧紧按着鬣狗的脖子，然后猛地向上一抬头，这条鬣狗便被撕成了两截。

鬣狗的血像雾一样喷溅出来，一时间，整个河岸被血腥气所笼罩。

血腥气像火焰一样，也点燃了领头母鬣狗心中的愤怒，只听她长嗥一声，率领着像滚动的沸水一样的鬣狗群也加入了与蜜獾一家的混战。

守候在河里的鳄鱼一步一步爬上岸，把受伤的鬣狗拖回水里，翻转着身体吞噬着，食物的热量让鳄鱼的动作也变得迅捷，吞噬完受伤的鬣狗显然不能满足他们的食欲，他们像奔跑的流星一样，拖着长长的尾巴冲进鬣狗群。那些鬣狗面对鳄鱼的进攻，像突然遇到了爆炸物似的，身体在爆炸物的冲击下，向空中抛去，鬣狗群遇到鳄鱼的攻击，跳起身来想要逃跑，但为时已晚。

领头母鬣狗当时正死死咬着乌托的鼻孔，乌托因为窒息越来越虚弱，趁着这个机会，其他几条鬣狗扑上来，有的一口咬住他的腿，有的咬住他的肚子，乌托挣扎着，无奈力气越来越弱。而领头母鬣狗的牙齿更紧地咬到乌托的体内，骨头在“咔嚓咔嚓”响着，鼻骨都被咬穿了。

领头母鬣狗弓起后腿，想把乌托拖上岸去，就在她用尽全身力气拖着他行走时，一条鳄鱼从后面扑上来，张嘴就向领头母鬣狗扑了过去，她感觉背后有坚硬的牙齿袭来，松开口里的蜜獾，身体向高空弹跳起来，但她不知道，鳄鱼是空中捕食的高手，就在她落下的同时，鳄鱼一个上跃，她连哼一声的机会也没有，就被吞进了鳄鱼口中。

鬣狗群见领头母鬣狗被鳄鱼吃了，“吱呀吱呀”地叫着，四散而去。而斯兰卡则用头顶了一下乌托，但他的伤口实在太严重了，鼻子被咬烂，一喘气就会有血泡冒出来，腿也被其他鬣狗咬断了，斯兰卡只好从后面推着他向河岸上逃去，乌托也竭力保持着神志清醒，努力配合着斯兰卡向前爬，他知道回到家就安全了。

蜜獾一家背后还有几条鳄鱼，但此时他们并没有追上来的意思，只是在河里不停地转来转去，但蜜獾一家并不知道鳄鱼在想什么，他们现在犹如惊弓之鸟，每当鳄鱼靠近一下河岸，斯兰卡的身子就颤抖一下。生怕此时鳄鱼追上来。

乌托想让卡宾杰克和斯兰卡放下他然后赶紧走却又说不出来。

斯兰卡仍一声不响地在后面用身体推着乌托，而卡宾杰克则钻到爸爸乌托的身子下面，挺直身子，用身子驮着爸爸重重的身体，乌托腿上承受的力量小了，身体已经不再发抖了，但腿却仍不听使唤，只能任凭斯兰卡和卡宾杰克带着他一点点走。

那是一条什么样的路呀，几十米的路，他们将近走了一整晚的时间，等他们回到河岸边上的洞口时，天空已经露出了淡淡的曙光。只见那曙光像风一样追逐着天空的白云，那白云也像有了生命似的，轻盈地像白鸟一样飞翔起来，整个天空霎时间便充满了这些飞翔的大鸟。

乌托终于回到了自己的家，一到家他就躺倒在软软的草上起不来了，肚子一鼓一鼓地喘着粗气，斯兰卡脚步慌乱地围着乌托转来转去，过了一会，斯兰卡趴在乌托身边，伸出舌头，轻柔地帮助他清理着伤口上的血迹，卡宾杰克也学着妈妈的样子，舌头一下一下地舔着爸爸的伤口，每当碰到严重的伤口时，乌托浑身就会猛地哆嗦一下，眼睛也会随之睁开，看一眼守在身边的斯兰卡和卡宾杰克，又重新闭上眼睛。

等清理完乌托身上的伤口，看到乌托呼吸均匀地睡着了，斯兰卡和卡宾杰克也依偎在乌托身边睡了过去。

十多天过去了，乌托的伤口慢慢愈合了，但因为腿伤严重，乌托还是站不起来。蜜獾按生活习性，通常在黄昏和夜间外出觅食，白天在洞内休息。一到晚上，斯兰卡就跑进跑出忙个不停，就是这样，带回的食物仍然有限。卡宾杰克也想随妈妈一起去狩猎，但自从经历了上次的生死搏杀后，斯兰卡再也不敢让卡宾杰克走出洞口半步，有几次小蜜獾悄悄跟在后面，结果斯兰卡发现后，竟然用牙齿咬了小蜜獾卡宾杰克一口。

卡宾杰克没办法，只能心疼地看着妈妈一天天憔悴下去。

这天中午，卡宾杰克梦到草原芳草青青，像流动的河流，随风波动着，喜欢低飞的大鸟落到草丛中，在那儿扇动着翅膀，像是要重新飞起来，不一会儿，那翅膀就变成了种子新生出来的叶片，也像大鸟一样扇动着翼展，不停地向上飞动着，也就是瞬间，那叶片中间开出朝霞一样的花朵来。又一阵风吹来，那花朵翻转一下身体，就露出卡宾杰克喜欢吃的浆果和坚果。卡宾杰克抬起前腿，仰着头，攀在那一棵果树上，张嘴就能吃到那些又香又甜的果实，等卡宾杰克自己吃饱了，他又摘了许多，堆了像小山一样高的一堆，带回洞穴给乌托和斯兰卡吃，爸爸一看到那些野果，瘫痪在地上腿突然站了起来，卡宾杰克高兴地不停甩着尾巴。

那是梦吗？卡宾杰克醒来仍在回味着刚才梦到的情景，那情景就像还在眼前，那果香还弥漫在空气中。他看了看瘫痪在地的乌托和疲劳睡去的斯兰卡，想到洞外看看那里是不是真有浆果。

卡宾杰克悄悄走出洞穴，扭动着四肢，一步一摇地来到河岸上，抬眼望去，果然看到他梦中的绿草在微风的吹拂下，像流水一样不停地向前淌去。远处正在食草的斑马和角马，一群群的，像是被薄薄的雾气托起来的云朵，也在雾气中晃悠起来。天空中真有不知名的大鸟，在白云蓝天间滑行着，就像在那里采摘洁白的云朵和蔚蓝的颜色一样，然后带到地上，长出串串白果和紫茎。卡宾杰克抬头望着天空，果然天空中有鸟远远地落下来，卡宾杰克感觉此时就像在梦中一样，欢快地向鸟落下来的方向跑去。

一路上，卡宾杰克一遇到结了野果的花草就停下来，用鼻子触碰一下那果实，翕动着鼻翼，嗅一嗅那野果能不能吃。

卡宾杰克的鼻子就是他最好的眼睛，虽然斯兰卡还没告诉他这些，但他的鼻子仿佛能看到果皮里的果肉，这样的本领也是他们祖先一代一代传下来的，并深深地烙印在记忆之中，每当需要这些记忆时，那记忆便会被唤醒，告诉他该怎么做。

卡宾杰克的鼻子告诉他这种野果能吃，他便伸出舌头舔了一下那野果的外皮，清香中带一点微甜的味道，小蜜獾卡宾杰克没再犹豫，舌尖一个翻卷，就像人把水果握在手里，一使劲，果实便滑落到了嘴里。

过了一会，卡宾杰克感觉腿上痒痒的，他低头一看，腿上爬着很多公牛蚂蚁。这种蚂蚁比一般的蚂蚁要大，大概有三四厘米长，且非常凶猛。

原来，卡宾杰克采摘野果时，无意中站在

了蚂蚁窝上，那些蚂蚁自然不干了，就纷纷从巢穴中涌出来进攻卡宾杰克。

这些蚂蚁一爬到卡宾杰克身上，就喷射出大量的蚁酸，卡宾杰克为了阻止蚂蚁爬到身上，就伸出舌头去舔他们，嘿，他发现吃到嘴里的公牛蚁比水果的味道还要好呢。

卡宾杰克迫切地低下头，舔食着蚁包上钻出来的蚂蚁，结果就像第一次吃八毛蚓一样，卡宾杰克吃到嘴里的泥土和草屑比蚂蚁还多。

吃不到蚂蚁，急得小蜜獾在原地乱转，结果有更多的蚂蚁爬到他的前爪上，卡宾杰克灵机一动，把蚂蚁窝的洞口扒大，把前爪伸进去，让蚂蚁自已爬上去，不一会儿爪子上就裹了密密麻麻的一层。卡宾杰克举起前爪一舔，就像吃夹心巧克力冰糕一样，黑黑的外壳就被剥下来吃到了嘴里，既有趣，又好玩。转眼间，一窝蚂蚁就被小蜜獾卡宾杰克吃掉大半，余下的蚂蚁也学聪明了，纷纷逃离蚂蚁窝，四散而去。

卡宾杰克意犹未尽，但已无蚂蚁可吃，便转身在草丛里四下张望着，跳跃着，又向着那些大鸟落下的地方奔去。也不知道跑了多久，他猛地停住了脚步，因为他看到鬣狗公主在前方不远处正漫无目的地游荡着。

卡宾杰克急忙把身子紧紧贴伏在地上，目不转睛地盯着鬣狗公主，鬣狗本来就因为毛色显得脏兮兮的，这会儿不知道为什么，鬣狗公主身上脏得更厉害了，皮毛长的长，短的短，乱蓬蓬的，身上还有不少伤口，已经变成黑糊糊的颜色，这些旧伤也不知道是被什么动物咬的。

在这种时候，要换成别的蜜獾，很可能会为了看清对方的身影而爬到高坡上去，或者干脆乱叫一气，虽然是在壮声势，但也无形中暴露了自己的目标。要知道，鬣狗的奔跑速度比小蜜獾要快得多，就是小蜜獾用最快的速度逃命，也会被速度更快的鬣狗追上，其结果往往还是被无情地咬死。

经历过一场生死大战的卡宾杰克也从中学到了许多知识，在没被敌手发现之前，最好一动不动地静观其变，这就是生活教给他的生存智慧。

鬣狗公主并没有发现小蜜獾卡宾杰克，她东转转，西荡荡，鼻子紧紧地贴着地皮嗅来嗅去，有时鼻子会停在一个地方反复，嘴巴也不停地向下拱着，那是她发现了生活在草根下的蛴螬或者地老虎，赶紧挖出来，吞咽掉。

过了一会，卡宾杰克看清了，附近除了鬣狗公主，再也没有其他同伙，卡宾杰克搞不明白，鬣狗公主怎么会被同伴抛弃，自己孤零零地四处游荡呢?

鬣狗像人类的祖先一样，还维持着母系社会的生活体系，且内部组织等级森严，当一个女王死亡后，便由厮杀决定谁是下一个女王。鬣狗公主在妈妈被鳄鱼吞吃后，她随其他的鬣狗逃回领地，没有一条鬣狗再向她表示谦卑和献媚，而是分成两派，鼓动自己一派的首领与另一派的首领厮杀，来争夺女王的位置。战争是从一片偌大的草坑开始的。

当时，两派的鬣狗还卧在自己的领地休憩，但没过多久，就有另一派的鬣狗频频越界，然后屁股朝着对方，用后爪子挖起土，向对方抛去。对方的鬣狗面对挑衅，也会用同样的方法还击。

双方的首领终于忍不住了，站起身，直直地走向对方，自己一派的鬣狗就像护送一般，分成两排，也陪着首领走向对方。

双方的首领都知道，这场厮杀是无法避免的，因为自古以来家族的王位就是这样一代代产生的，正是应了那句古话，胜者为王——这在鬣狗群中表现得更为突出。

双方的首领走到一起，几乎鼻子都快碰到了一起才停下脚步。她们先是对视着，接着张开阴森森的大嘴尖厉地吼叫，几乎在没有丝毫预兆的情况下，两张血盆大口同时咬向对方，牙齿撞击在一起，发出“咔咔”的声响。

整个鬣狗群虽然分成两派，决斗也仅限于在两派的首领之

金花蛇把身体弹射出去，并将身体变得平且呈“S”形，可在空中滑行二三十米。
毒性强且可以在空中滑行的天堂金花蛇→
冠鹫
红头美洲鹫
灰斑鸠，俗称灰鸽子。↓

俗称鱼鹰的鹗在捕鱼。

间进行，无论哪一派的首领胜出，整个鬣狗群都会对新女王俯首帖耳。除非两个鬣狗群遭遇到一起，才会引起集体的厮杀。

两派的首领仍在不停地撕咬着，直到一方变得血肉模糊，夹着尾巴落荒而逃，得胜的一方才会跑到一个高坡上宣布自己获胜。

鬣狗公主，假如不是她妈妈死得早，她是极有希望继承王位的，但此时她却成了最不受欢迎的对象，没有任何一条鬣狗愿意与她为伍，她夹着尾巴，尾随在别的鬣狗身后，每当靠得近了，前面的鬣狗就会猛地转回头来冲她大声咆哮，吓得她赶紧逃开。

最不可思议的是，就连刚会走路小鬣狗，也会歪歪斜斜地追着她跑。

就这样，一连十多天，整个鬣狗群还是容不下她，鬣狗公主最后竟被新女王驱逐出来，只能漫无目的地游荡。

卡宾杰克想到自己爸爸受了这么重的伤，都是由她引起的，现在要好好教训她一下才是。想到这里，卡宾杰克一跃而起，猛地向她扑了上去。

正在草根下寻找食物的鬣狗公主好多天没吃到一次肉了，只能在草丛中找点小虫充饥，此时她真是又累又饿，更不知道何时才会被另一个鬣狗种群接纳，重新开始正常的生活。

就在她神思恍惚之际，猛地见卡宾杰克从草丛里窜出来，吓了一大跳，她连多看一眼卡宾杰克的勇气也没有，身体就像被风刮着的一片大树叶子，迅速地向前跑去。

卡宾杰克哪里会放过这机会，他越追越猛，自信心也越来越足，鬣狗公主此时却越跑越胆怯，加上肚内空空，自然是越跑越慢。

也许是鬣狗公主实在跑不动了，跑着跑着，她一下子停在一棵金合欢树下，卡宾杰克没几步就跑到鬣狗公主面前。

鬣狗公主直直地站在那里，一动也不动，卡宾杰克一边用鼻子嗅着空气中的味道，一边靠近鬣狗公主。

此时，阳光粗粗细细的光柱，透过金合欢树稀疏的树叶洒下来，树下的背景就像飘荡着轻纱似的，既幽静又通亮。

卡宾杰克围绕着鬣狗公主转了两圈，好像已经忘记了追逐鬣狗公主的初衷，也像鬣狗公主一样站在那儿，一动不动。

鬣狗公主也嗅了嗅鼻子，卡宾杰克身上的气味平和、安静，没有一丝要进攻杀戮的血腥气，所以她也弓着身子，摇着短而粗的小尾巴，围着卡宾杰克转了两圈，最后和卡宾杰克并排站在一起，只是静静地望着远方，谁也不肯出声，看看他们的样子，真像既熟悉又陌生的朋友。

“嘎呀，嘎呀”，就在时间仿佛在卡宾杰克和鬣狗公主身边停止的空当，一只大斑鹫像影子一样飞临金合欢树的上空，如同明亮的天空突然飞来一朵乌云一样。

鬣狗公主猛地竖起耳朵，大斑鹫盘旋的地方说明一定有蛇类出现，鬣狗公主虽然不怕豹子、狮子那样的大型食肉动物，但她对蛇却有一种天生的畏惧。只见她略显慌张地翕动着鼻翼四处探寻着，果然，蛇的腥臭味渐渐浓烈起来。

卡宾杰克也嗅到了蛇的味道，他显得很兴奋，脚步不停地在原地踏来踏去，嘴里还不停地发出“吱扭吱扭”略显迫切的叫声。

鬣狗公主哪里晓得，蜜獾是蛇的天敌，而且还是世界上少有的对蛇毒有天然抵抗力的动物之一。他们特别喜欢捕蛇，一条长长的蛇捧在爪上，像吃香肠一样轻轻松松地大快朵颐，一条数米长的毒蛇，全部吃掉也只需二三十分钟的时间，称得上是真正的吃蛇能手。

在草原上，大斑鹫也是蛇类的天敌，但蛇类多隐藏于乱石，或者布满尖锐的棘刺的金合欢树和灌木上，大斑鹫即便能寻到蛇的踪迹，也往往对他们无可奈何。而蜜獾虽然称得上是个更强劲的天敌，但蜜獾外出活动的时间和蛇类正好相反，蛇是日出，而蜜獾是夜行，这就避免了狭路相逢的危险。也正因为这样，草原上的毒蛇也就越发变得肆无忌惮起来。

今天，这条蒙巴蛇爬到卡宾杰克和鬣狗公主头顶的金合欢树上偷食鸟巢中的鸟蛋，大斑鹫嗅到蒙巴蛇散发在空气中的体味，寻着气味飞来，但看到蒙巴蛇盘绕在满是棘刺的金合欢树上，根本没办法落下来，蒙巴蛇也许是看透了这一点，挑衅似地在树尖上挺起身子，身子随风左右摇摆着，那样子好像是在挑衅。

仍在空中滑翔的大斑鹫只好“嘎嘎”高叫几声，越飞越高，远远地飞走了。

蒙巴蛇见大斑鹫高高飞走了，也随之蛇头向下一弯，菱形的蛇头就像路标一样，引导着长长的身体向树下滑去。

蒙巴蛇哪里知道大斑鹫临走时的叫声是什么意思呀，其实，大斑鹫早已看到了金合欢树下的鬣狗公主和卡宾杰克，他仿佛是嘲笑蒙巴蛇说：“你就笑吧，过不了多久你也就笑到头了！”

蒙巴蛇在树上滑行，细长的身体就像是被人拖曳着的一段光滑的长绳子，左右摇晃着头，在粗糙的树干上爬下来。蒙巴蛇的嗅觉也很灵敏，其实在他爬下树的那一刻，他也嗅到了鬣狗公主的气味，而没分辨出其中还有卡宾杰克的气味。因为鬣狗公主身体的伤口还没愈合，气味要比卡宾杰克浓烈得多，而卡宾杰克在来这里之前，吃了许多浆果和公牛蚂蚁，身上独有的气味就被冲淡了。

对动物来说，气味虽然是最好的朋友，它几乎总是能准确地告诉你敌人在哪里，但过于相信气味而没有眼睛配合，有时也会带来致命的伤害。

特别是蒙巴蛇从树上爬下来，眼睛的视线也会随着摇晃的头部摇晃，没办法固定，加之他的视力并不强，只能辨别物体的移动，而卡宾杰克见蒙巴蛇从树上爬下来时并没动弹，因此这条蒙巴蛇并没发现小蜜獾卡宾杰克的存在。

当蒙巴蛇远离了金合欢树，卡宾杰克确信他再也没有机会逃回去之后，便一个前扑跳了出来，蒙巴蛇发现卡宾杰克后猛地掉转蛇头，向金合欢树的方向逃去，但小蜜獾的动作比蒙巴蛇更快，只一个转身，便挡在了蒙巴蛇的前面。

蒙巴蛇见无路可逃，尾巴盘成一团，只有尾巴尖高高地竖起来，剧烈地摇摆着。蛇信子像弹簧一样，从张开的口中缩进去，又弹出来，发出“咝咝”的声响。

鬣狗公主看到小蜜獾和蒙巴蛇都做好了决战的架势，也绷紧了神经，身体向前倾斜着，做好了随时出击的准备。

小蜜獾背上的毛都倒立了起来，嘴角的胡须也变得像钢丝一样坚硬，无神的眼睛也像重新打开的聚光灯一样，流露出耀眼的光芒，他屏住呼吸，一步步向蒙巴蛇逼近。

蒙巴蛇仰起的蛇头，随着小蜜獾的逼近，一点点向后倾斜着，尽管蛇的下半身仍盘在那里，但上半身却像在对手的紧逼下向后倒退似的。其实这也是蒙巴蛇惯用的伎俩，当他的蛇身向后退到一定程度时，就像拉满了的弓，一瞅准攻击的时机，“嗖”的一声放开，蛇头便会像离开弦的箭，猛地射向敌手，敌人往往没有躲闪的余地，只好乖乖就擒。

蒙巴蛇之所以向后倾斜身体，还有一个打算，就是为了在距离上给对手一个误导，使对手错以为还在安全距离之内而进一步逼近。

小蜜獾虽然还在幼年，也没有与毒蛇搏斗的训练，但他已然是一位经验丰富的小勇士，流露出昂扬的斗志。

小蜜獾见蒙巴蛇的身体向后拉出一个弧形，便不再向前紧逼，而是让肩膀面对着蒙巴蛇绕行，这样，即便被蒙巴蛇咬到，也不会伤及眼睛。蒙巴蛇的蛇头也随着小蜜獾的脚步转动着，他也在判断小蜜獾将如何进攻。

突然，蒙巴蛇又一次抬高的身体像标枪一样向小蜜獾投掷过来，正在观望的鬣狗公主条件反射似的向旁边一闪身，仿佛蒙巴蛇攻击的不是小蜜獾，而是她自己。

蒙巴蛇这么快的进攻速度，是任何动物都无法躲避的，小蜜獾也没躲开这重重一击。随着肩膀处一阵针刺似的疼痛，蒙巴蛇已经把毒液注射进小蜜獾卡宾杰克的体内。

小蜜獾面对蒙巴蛇的进攻，不仅没有躲避，反是迎着蒙巴蛇的攻击猛地用肩膀撞击过去，在小蜜獾的撞击下，蒙巴蛇的头就像箭头射在弹性很好的皮筋上，竟被硬生生地弹了回去。小蜜獾再不给蒙巴蛇任何机会，转口就咬住了蒙巴蛇的脖子，蒙巴蛇不甘心认输，盘着的蛇身一下子伸展开，在空中拉直，蛇身一扭转，就向小蜜獾的身上缠来，而一直在旁边观战的鬣狗公主吼叫一声，像影子一样扑上来，一口咬住蒙巴蛇的尾巴，身体在空中落下的同时，猛地用力向后一甩，蒙巴蛇的身体便“嘭”的一声被拉成两截。

面对眼前的情形，小蜜獾知道这是鬣狗公主在帮助他。小蜜獾心存感激地走到鬣狗公主面前，用头碰碰鬣狗公主，表达着自己的谢意。鬣狗公主丢下嘴里猎物，伸出舌头舔了舔小蜜獾，使劲摇晃一下身体，撒腿就向远处跑去。

## 3

斯兰卡一觉醒来，见小蜜獾卡宾杰克没在身边，吓了一跳，急忙爬出洞穴寻找，但洞口边连小蜜獾的影子都没有，急得斯兰卡围着洞口转来转去，嘴里还“呜呜”乱叫着。斯兰卡伸着脖子叫了半天，四周也不见小蜜獾的影子。

斯兰卡没了主意，只知道围着洞口跑来跑去，不长时间就把洞口附近的尖毛草踩倒了一大片。

乌托在洞里听到斯兰卡在洞口边“咚咚”乱跑，不知道外面发生了什么事情，想挣扎着爬出来看个究竟，但腿还是不听使唤，性急之下，也“呜呜”地叫起来。

斯兰卡听到乌托的叫声，又慌慌张张钻回洞中。乌托抬起脖子看着斯兰卡，眼神里充满了询问的目光。

斯兰卡半蹲着后腿，在洞里转了个身，露出卡宾杰克躺过的位置，此时那个位置是空的，乌托明白了，卡宾杰克不见了。

乌托吼叫了一声，身体挣扎了几下，想爬起来，折腾了半天，还是不行，他只好焦急地用头向外推斯兰卡，边推边发出巨大的叫声，那样子好像在说："孩子丢了，快去找呀！"

斯兰卡刚才显然是慌了神，现在经乌托一吼叫，她才清醒了过来，急急忙忙爬出洞穴，低下头，在洞边嗅着卡宾杰克留下的气味，确定寻找的方向。由于刚才自己在洞口边惊慌失措地踩倒了很多毛草，大部分气味就被自己的气味覆盖了，再从这些气味中分辨出卡宾杰克的气味就变得有些困难。

但由于斯兰卡寻找小蜜獾的心情急切，呼吸也变得急促，大量的空气在短时间吸入，无形之中就放大了原本稀薄的气味，就像一个近视眼，突然拿来一个放大镜看书，眼前的字不仅立马变得很大，还会变得清晰起来。在这种放大作用下，卡宾杰克离去的足迹，就像一个个路标，带着斯兰卡追了上去。

一路上，斯兰卡了解了卡宾杰克在哪儿采食过浆果，在哪儿捕食了公牛蚂蚁，她那悬着的心也渐渐放了下来，这时她才意识到，卡宾杰克已经长大了，也该过独立的生活了。

最后，斯兰卡来到了金合欢树下，这里刚刚发生过一场厮杀，所以这里的气味最浓。

斯兰卡沿着卡宾杰克的足迹转动着，就像看到了卡宾杰克和蒙巴蛇斗智斗勇的过程，最后连怎么咬死蒙巴蛇的气味也像画面一样，浮现在她眼前。

卡宾杰克咬死蒙巴蛇后，并没有吃掉，而是拖着蒙巴蛇，向回家的相反方向绕着圈子，这就是卡宾杰克与生俱来的智慧了，他们为了躲避敌人的追击，避免暴露家的位置，在回家时往往会向相反的方向行走，以此迷惑敌人。即便是再笨的动物也不会再原路返回自己的家，从而避免其他动物中途伏击。

所以，斯兰卡虽然一路追来，但还是和刚回家的卡宾杰克擦肩而过。她凭本能感觉到这个方向是正确的，因为这符合他们的习性。

但有一点，斯兰卡还不太明白，这儿除了卡宾杰克和蒙巴蛇的气味，还有一条鬣狗的气味，那气味极像是鬣狗公主的。她还记得她和乌托带着卡宾杰克第一次外出觅食，就是因鬣狗公主的戏耍，才引来一场蜜獾、鬣狗和鳄鱼的混战，因此，至今斯兰卡对鬣狗公主的气味仍记忆犹新。不过令她奇怪的是，卡宾杰克和鬣狗公主并没留下搏斗的气味。

斯兰卡此时已经没了赶来时的匆忙，虽然她有时也会嗅嗅卡宾杰克留下的气味，不过那只是在寻找方向，或者是陶醉在卡宾杰克留下的气味里，她就这样慢慢地走着。

十多天来，乌托由于自己不能狩猎，已经没吃过一次饱饭了，这次就让他好好吃一次吧。因此，斯兰卡回家的脚步走得并不快，或许是因为她要留给乌托和卡宾杰克足够的进食时间。

就在斯兰卡慢悠悠往家走的时候，一只向蜜鸟从金合欢树的方向，向斯兰卡飞了过来，边飞还边叫着，那是向蜜鸟在告诉斯兰卡快点跟他走，他发现了蜜巢。

蜜獾之所以叫蜜獾，也是因为这类动物最喜欢吃蜂蜜而得来。

向蜜鸟也是个爱吃蜜的家伙，可他自己破不开蜜巢，这个聪明的鸟不知道从什么时候起，就和蜜獾结成了伙伴，向蜜鸟一天天东飞西飞的，到处追着蜜蜂跑，每当找到蜜巢，他就会兴奋地去找蜜獾，一见到蜜獾就会叫个不停。

蜜獾知道又有蜜吃了，便紧紧地跟着向蜜鸟跑。

就这样，一个在天上飞，一个在地上跑，假如路途较远，蜜獾跑累了，向蜜鸟还会停在树枝上等蜜獾，配合之默契简直如同多年的好友。

今天斯兰卡本来就不着急回家，现在又有蜜可以吃，蜜獾一边跟着向蜜鸟跑，一边回应着向蜜鸟，虽然是不同种类的生物，却也在用行为交流沟通，真是奇妙无比。

斯兰卡和向蜜鸟一路跑着，没觉得过了多长时间，他们就来到一片沙棘林，沙棘林中间有一棵高大的金合欢树，最大的树杈上悬挂着一个外状像椰子果但比椰子果要大许多倍的蜂巢。

像这样的地方，一般动物是没法靠近的，沙棘林就像一道道铁丝网，密密地把众多动物挡在外面。正因为这样，这个蜂窝才年复一年长成现在的规模而没有遭到丝毫的破坏。

蜜獾的皮毛光滑且韧性强，就是遇到猛狮的撕咬，也很难伤害到他们，这点沙棘自然刺不伤她，但眼睛是蜜獾的一大弱点，如果一不小心扎进一根刺，那基本上等于宣告其死亡。

不过这也难不倒斯兰卡，只见她走到沙棘前，突然掉转身体，尾巴紧紧夹在后腿中间，护住臀部，半蹲着腿，倒退着向沙棘拱了过去，密密麻麻的沙棘树丛硬是被斯兰卡拱出一条通道。

金合欢树虽然长得高大，但不是笔直的，加上树皮粗糙，树身还有干裂的树缝，对斯兰卡来说，攀爬起来并不困难。只见她尖尖的爪子一会紧紧地钩着树上的树疤，一会又把爪子钩在树缝里，后腿向上蜷着，然后使劲向后一蹬，就向上爬出去一大截。没多久，斯兰卡就踩着树杈爬到蜂巢的上面。

蜂巢悬在树杈上，巢口在蜂巢最下面，就是蛇想爬进去，也会滑落下去，直接掉在地上。然而，这个大蜂巢在斯兰卡眼里简直跟直接写上“内部蜜——蜜獾妈妈斯兰卡特供”没有什么两样了。

蜂巢里的蜜蜂闻到斯兰卡的体味，像一缕烟似的从蜂巢里旋转着飞出来，“嗡嗡”地围着斯兰卡乱飞。这草原蜂个儿大不说，攻击力也特别强，斯兰卡不敢怠慢，前爪扒着树杈，身体向下一坠，后腿直接按在蜂巢上，接着前爪一松，悬在树杈上的蜂巢哪里经受得住这么重的重量，随着斯兰卡的身体一起落在地上。

斯兰卡顾不得身上的疼痛，张嘴就把蜂巢口衔在嘴里，正好把蜂巢口堵住，里面的蜜蜂“嗡嗡”地挤在一起，再想出来可就难了。

衔在嘴里的蜂巢就像个大盾牌，斯兰卡顶着蜂巢直接冲出了沙棘丛。向蜜鸟见蜜獾妈妈斯兰卡直接叼着蜂巢向回跑去而不给自己留点，先是一愣，然后振着翅膀高声叫了起来。斯兰卡哪里还顾得上听向蜜鸟叫什么，现在她只有一个想法，回去，快点回去。

由于斯兰卡比来时跑得还急，转眼间就跑出了大半的路程，也有些累了，加之附近常有狮子出没，她不由放慢了脚步，一边跑，一边警惕地四下张望着。两年前斯兰卡在这里和一头母狮两头幼狮相遇的情景，至今仍历历在目。

那天，斯兰卡捉到一只野猪，正准备大吃一顿，一头母狮带着两头幼狮跑过来，当时，小狮子显然是饿坏了，见了野猪就目无一切地扑到上面一阵撕咬。

当时，斯兰卡正怀着小蜜獾卡宾杰克，也许是母爱的缘故，斯兰卡只是象征性地恫吓了几声，小狮子受到惊吓，跳开了几步，见斯兰卡并没追赶，便匍匐着身子，一步一步挪到野猪的身边，另一头小狮子也像第一头小狮子那样，挤在第一头小狮子侧面埋头吃起来。

母狮子只是站在四五米远的地方，轻轻甩着尾巴，目不转睛地注视着这里。就在这时，远处传来雄狮低沉的吼叫声，母狮精神一振，也仰头长吼一声，猛地向斯兰卡冲了过来，显然，她不仅想夺得斯兰卡的猎物，还想把斯兰卡当做猎物捕获。

两头小狮子听到妈妈的吼声，知道那是发动进攻时发出的警告，像肉球一样滚到一边。母狮只是一个跳跃，厚厚的爪子就像铁塔似的把蜜獾妈妈死死摁在下面，同时张开大口，向蜜獾的脊柱咬去。

斯兰卡面对母狮的攻击，并没有惊慌，因为按着狮子的狩猎习惯，先是在后面追击，伸出爪子，钩住猎物，嘴随之咬住猎物的臀部，将猎物拖倒在地，等猎物倒地的瞬间，咽喉露出来，再一口死死地咬上去。

要不说从小养成的习惯很难改变呢，狮子从小养成的捕猎动作就是这样的，已经像套路一样固定死了，如今又用这样的套路对付斯兰卡，并不奏效。

只见斯兰卡一个急转身，母狮按在斯兰卡后背上的爪子就滑落到地上，正好落在斯兰卡的嘴边，斯兰卡自然也不怠慢，一口就咬了下去!

只听到“咔嚓”一声，母狮的腿骨就被斯兰卡咬穿了。

“嗷——嗷——”母狮嗥叫着跳了起来，剧痛使她暴躁起来，她拼命摇晃着头，张开血盆大口想把斯兰卡撕碎，可斯兰卡的脊背像油一样滑溜，连个受力点都没有，况且她的腿还被斯兰卡死死地咬在嘴里，就在母狮不知道怎么办的时候，雄狮赶到了，只见他先是伸出一只前爪猛地在斯兰卡的身上扫过，斯兰卡一下子被掀翻在地，被斯兰卡咬住腿的母狮子也在巨大的冲击力下摔了一个跟头，虽然母狮子终于挣脱了蜜獾斯兰卡的撕咬，但腿上的一条肉皮还是被撕裂下来了。

雄狮扑到斯兰卡的身上，狮口向下一落，就咬住了斯兰卡的脖子，而斯兰卡的牙齿，也咬穿了雄狮的一只眼睛，雄狮松开蜜獾妈妈斯兰卡，怒吼着狂奔而去，最终消失在尖毛草之中。

狮子是一种很记仇的动物，假如此时遭遇，恐怕又少不了一场恶战。

斯兰卡不想惹这个麻烦，她尽量选择尖毛草茂密的地方行走，避免被狮子发现，但向蜜鸟好像唯恐狮子不知道蜜獾斯兰卡在这儿一样，在斯兰卡的头上“呱呱”叫得更响更欢了。

果然，向蜜鸟的叫声引起了狮子的注意，开始他们只是扭着头向这边张望，过了一会，已经长大成年的小狮子晃着身子向这边跑来。

斯兰卡虽然藏在草丛中，但她身上的气味是无法隐藏的。此时，两头小狮子在下风向，斯兰卡的气味顺着风传过来，他们心中一惊，迟疑地停着脚步，伸长脖子，头颅低垂着，露出锋利的牙齿，低声吼叫着。

两头小狮子的吼叫声令躺在地上休息的母狮和雄狮猛地从地上爬起来，他们又侧着耳朵听了一会，明白了两头小狮子叫声的含义，原来让他们吃尽苦头的斯兰卡又在自己的领地上出现了。

狮子一家显然是接受了上次的教训，他们先是把斯兰卡围起来，不让她逃走，一边用低沉的吼叫声吸引更多的同伙。

斯兰卡不会让狮子抓住自己，她叼着蜂巢寻找空当，四头狮子就左扑右堵地阻挡，特别是两头小狮子还不时地扑到斯兰卡跟前，用爪子击打它，斯兰卡一躲，小狮子没有击中，却重重地击在蜂巢上，结果蜂巢就像一个橄榄球，在地上摔了一下，又高高地弹了起来，蜂巢里的蜜就像被泼出来的水一样，落到两头小狮子的身上。随蜜而出的还有成群的蜜蜂，因为小狮子身上沾了大量蜜浆，蜜蜂就把他们当作了敌人，嗡嗡乱叫着一股烟似的向两头小狮子扑了过去。

小狮子哪里见过这样的阵势，转身就向母狮和雄狮逃去，就是这样，还是被成群的蜜蜂蛰得“嗷嗷”乱叫，就连母狮和雄狮也没能幸免。

闻声赶来的狮群还没明白怎么回事，也被已经狂怒的蜜蜂追赶上，蛰得乱作一团。斯兰卡叼起丢在地上的蜂巢，绕过狮群向回家的路继续跑去。

终于又看到自己洞穴旁的金合欢树了，终于又看到自己洞穴附近的尖毛草了，斯兰卡忍不住用嗓子眼发出甜蜜激动的吱吱声，洞里的小蜜獾早就听到了斯兰卡的脚步声了，也早早地迎了出来，当他见斯兰卡嘴上还叼一个像大椰子似的蜂巢时，愣了一下，但蜂蜜甜滋滋的味道飘过去之后，他马上就明白了，今天有蜜可以吃了。

斯兰卡拖着蜂巢进得洞来，只见卡宾杰克捕获的那条蒙巴蛇还留在乌托身边，乌托没吃一口，卡宾杰克也没吃，看来，这是他们俩等着斯兰卡回来一块享用的。

洞里的斯兰卡用爪子和牙齿把蜂巢掰开，把一大半叼出洞来，冲着金合欢树上的向蜜鸟叫了几声，又返回洞去。

向蜜鸟怎么能明白，斯兰卡叼走所有的蜂巢并不是为了独自享用，因为只有完整的蜂巢才能最大限度地保存蜂蜜，使这宝贵的琼浆不至泼洒一路，至于蜜蜂妈妈用蜜蜂攻击狮群，也许是斯兰卡计划好的，也许只是一个巧合。

这都不重要了，重要的是，他们以自己的勇气和智慧度过了艰难的一关，并时刻准备着，应对未来生活中的挑战。

燕尾鸢，主要分布在美国的半草原，或有柏树、沼泽的开阔针叶林地域。体型大且轻盈优美，尾部长而分叉。以蜥蜴、蛇、蛙、昆虫等为食。面临灭绝危险。

美洲斯氏鵟

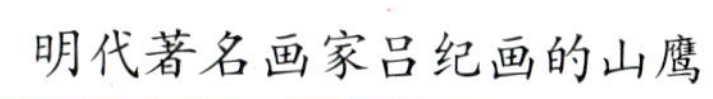

明代著名画家吕纪画的山鹰

北美红尾鵟

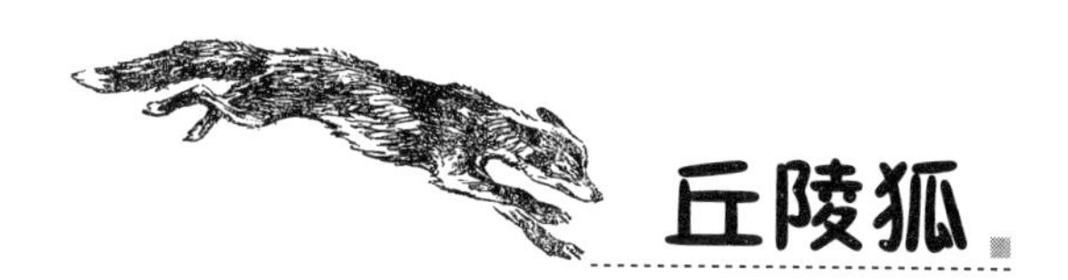

# 丘陵狐

每年的三四月份，九岭山上的草儿就绿得满天满地了，还有早开的小花，捉迷藏似的藏在结缕草身后，只是偶尔会随着暖暖的南风露一下笑脸，稍后，就又弯下腰藏了起来，春意虽薄，但也笃定地到来了。

藏在洞穴的丘陵狐，也从洞口探出毛茸茸的小脑袋，如同地上长出的一个大蘑菇。忽悠一闪，又藏回洞里。因为天上有一个影子飞过，那是住在佛手树上的山雕正在山顶上空滑翔。

山坡下一下子变得悄无声息，只有二尺多高的结缕草随着山风像波涛一样来回滚动着。

不一会工夫，从山脚下的溪水边传来两只狐狸的叫声，那是雄狐和雌狐。

只见他们各自叼着一只肥硕的山鼠，正一窜一跃，踩着溪水里的大石头跑过来，山风吹在他们的身上，皮毛就像是掀开了一角的被子，向一边倒去。

两只狐狸很兴奋，跑起来脚步就像踩在鼓点上，落下起来，起来又落下，如同音乐那样节奏分明。

洞穴里的小狐狸听到父母的叫声，像小皮球一样从洞口滚出来，踩着厚厚的结缕草，迎着他们笨拙地跑过去。

难怪这对狐狸这么勤奋狩猎呢，原来他们养育了五只小狐狸！

两只狐狸停住脚步，把嘴里的山鼠向远处一甩，那山鼠在空中划个弧线，落到不远处的草丛里。奔跑的五只小狐狸，猛地停住脚步，眼睛紧紧盯着山鼠落下的方向，奋力追了过去。

五只小狐狸中，有一只瘦瘦的，跑起来连路都跑不直，像踩在软土上一样歪歪扭扭的，所以他做什么都比别的小狐狸慢半拍。他总是最后一个出洞，也是最后一个进洞，因为跑得慢，抛出去的山鼠早被其他四个小狐狸争着抢着叼跑了。小瘦狐狸犹豫了一下，回头望着狐狸父母，只见他们高

抬着头，耳朵支棱着，机警地巡视着四周，一边满心欢喜地看着自己的孩子们抢食的样子。

小瘦狐狸见父母没注意到他，委屈地用嗓子眼发出一声“嗯儿”的低叫，雌狐低下头，看了小瘦狐狸一眼，那小狐狸便像得到了默许似的，撒起娇来。边跑边用嗓子眼“嗯儿嗯儿”地小声叫着，几步就跑到雌狐身边，仰起头，伸出舌头，舔着她的嘴角，希望能有食物喂他，可雌狐扭头闪开了，小瘦狐狸又委屈地叫了几声，见雌狐像没听到一样，只好无趣地跑开了。

而那四只小狐狸显得异常兴奋。最有趣的是那只肚子像小圆球一样的小肥狐狸，嘴角上还粘着一撮山鼠毛。吃好了，他就不停地追逐打闹，一个跃起，就扑到了其他小狐狸的身上，被扑的小狐狸站立不稳，就势也倒在地上，小肥狐狸也在地上咕噜噜滚了几下，然后站起来，继续去追别的小狐狸，咬其他小狐狸的尾巴。被追的小狐狸胆子小，便把尾巴夹到肚皮下面去，蹲坐在地上，小胖狐狸用后腿站起来，举着两个前腿向胆小的小狐狸挥舞着，那样子就像一个拳击手挥着拳头向对方示威。

胆小的小狐狸胆子虽然小，但身子灵活，他见小胖狐狸用后腿支起身子，他也毫不示弱，也马上站起身子，这样，两个站着的小狐狸的前爪就贴在了一起，你推我搡的，在原地转起了圈子。

雄狐和雌狐看着小狐狸们打闹，感觉该让他们练习生存技能了，于是带五只小狐狸一起去狩猎。

在这窝狐狸洞穴北部的山丘上，有一棵高高的巨果松树，树下住着山鼠一家。这家山鼠在这棵树下住了好多年了，当雄狐和雌狐从别的地方迁来后，山鼠一家也曾想过搬家，毕竟在狐狸嘴边生活有点像在老虎嘴里拔牙，说不准哪一天就把命丢了。但两只狐狸像是没注意到山鼠一家似的，来了之后先是齐心协力地掏洞，累了就站在掏出的那堆新土上张着大嘴喘息。山鼠一家躲在洞口眼巴巴地瞅着巨果松的果实球召果。球召果状如圆锥，鳞片外表翻翘在外，里面那三角状种子的香味从翘起的鳞片中像小钩子一样飘出来，钻到山鼠的鼻孔里，山鼠翕动着鼻翼，恨不得立刻冲过去摘来。但两只狐狸站在那里，累了也不离开，而是卧在那堆新土上，头蜷缩到后腿上，眼睛用粗粗的尾巴盖上，一动也不动。看到狐狸们休息了，胆子大的山鼠才敢从树洞口溜出来，叼起一枚球召果，连滚带爬地逃回洞里，举起两个前爪，捧着果实美美地吃起来，馋得身边的山鼠口水都流出来了。

又一只山鼠按捺不住跑出洞去叼球召果，过了一会第三只山鼠也跑了

出去。而卧在土堆上的狐狸，只是偶尔睁开眼睛向山鼠的方向看一下，然后就又闭上了眼睛。其他山鼠再也不害怕了，纷纷涌出洞来，你抢我抢的往洞里叼球召果。

时间久了，山鼠便产生了一个幻觉，以为两只狐狸要和他们做好邻居，山鼠们都很兴奋，他们吱吱叽叽地叫着，好像在议论着这件事。

嘴角长着四根长胡须的山鼠叽叽得最响，看那表情，好像只有他才见多识广、足智多谋。他大概的意思好像是，第一次见到这么一对又傻又笨的狐狸，要不就是他们无能，怕了咱们。

其他的山鼠听了这只老山鼠的叽叽声，叽叽得就更响了。

老山鼠也曾看到这对狐狸叼着不知道从哪里捕来的山鼠返回洞穴，这时老山鼠就会抬起前腿向狐狸发出叽叽的声音。这时狐狸便会停下来，咧咧嘴唇，好像冲老山鼠笑笑，

然后叼着在嘴边晃荡的山鼠尸体低头弯腰，钻回了洞里。

如今，小狐狸们都已经长大了。显然，老狐狸不闻不问是在下一盘大棋——这窝当年还不成气候的山鼠终于派上了用场。

母狐狸带着她的孩子悄无声息地向这窝山鼠走去，这会儿，山鼠们还在树下觅食呢，猛地见两只狐狸带着五只小狐狸走过来，愣了一下，但本能还是促使他们马上钻到了树根下的洞穴里。

母狐狸用眼睛示意五只小狐狸卧好，别动，而自己则走到树洞旁边，还故意把脚步踏得很响。公狐狸则从树后悄然无声地绕过来，卧伏在背风处，这样，洞里的山鼠就嗅不到他的气味了。母狐狸围着树转了一圈，然后“咚咚”地向远处走去。

老山鼠侧着耳朵听了听，外面已经安静下来，于是探出头来窥探了一下远处的动静，他看到母狐狸已经走远了，嘴角哆嗦了一下，就像拿定了一个主意一样，又不慌不忙地贴着地皮跑出洞来。

就在老山鼠抬起前爪，准备梳理一下脸上的皮毛的刹那，公狐狸从树后猛地

窜出来，像一阵风一样，一口就咬断了老山鼠的喉管，老山鼠临死，也只是挣扎了一下四肢，连一点声音也没发出来。

洞穴里的山鼠被刚才大风刮过一般的声音吓了一跳，他们挤在一块，不知道外面发生了什么，他们向洞外吱吱叽叽地叫了几声，也没听到老山鼠的回声。

与此同时，三只小狐狸也模仿着雄狐和雌狐的样子，在山鼠洞口埋伏好，另外两只小狐狸在山鼠洞前做着打闹玩耍的游戏，并毫不掩饰地大声叫着。

这两只小狐狸打闹了一会儿，那样子也许是想起了别的事情，也许是累了，也像母狐狸一样，“咚咚”地踩着地，一直向前面走去。

洞里的山鼠放松了警惕，毕竟是小狐狸，他们还有什么可怕的呢？！更何况他们已经走远了！

想到这里，山鼠们像赶集一样熙熙攘攘地从洞里钻出来，两眼直直地奔着球召果而去，藏在树后的小胖狐狸猛地

窜出来，胖胖的屁股堵在山鼠洞上，山鼠再想逃回洞里，已不可能。

那些山鼠四处乱窜着，有的甚至把头钻进草丛里，只可惜草丛里也没有藏身之处，不是藏了脑袋露了屁股，就是藏了屁股顾不上脑袋，急得山鼠们四处乱转，希望再找到一个藏身之处。还有的山鼠想往虫洞里钻，脑袋死死地抵在虫子洞口上，身子扭动着，尾巴也跟着身子像小鞭子一样甩来甩去。

小狐狸们却不再给这些山鼠机会，他们四处奔跑着，弹跳着。遇到山鼠，身子往上一纵，高高地跳起来，然后并拢双腿向下一踩，就听脚下传来山鼠“吱吱”的惨叫。而那只胆小的狐狸，当他前腿踩在圆滚滚的山鼠的身上时，由于害怕，没有踩牢，那山鼠拼命挣扎着，回头就用尖利的牙齿在胆小的小狐狸腿上咬了一口，疼得小狐狸“嗷嗷”叫着，抬着一条腿，一瘸一拐地跑到了一边。母狐狸闻声，一个箭步跑过去，一口咬住山鼠，脑袋左右一摇，就把山鼠咬死了。

最后那个瘦瘦弱弱的小狐狸，也捉到一只山鼠，他双腿死死地按着那只爪子不停抓挠的小山鼠，浑身因兴奋而哆嗦着。

那只用屁股堵住山鼠洞口的小胖狐狸虽然一只山鼠也没捉到，但雄狐和雌狐知道他才是最聪明的狐狸，等全家吃饱喝足之后，一窝狐聚在一起，雌狐伸出舌头舔着小胖狐狸，小胖狐狸知道，那是给他的奖赏！

# 豪猪博茨娃娜

金黄色的月亮升起来了，乌金山脚下的森林在月光下，像是融入了月光的影子，那影子也仿佛随着月光的翅膀，带着月光在轻盈地向上飞翔。森林里各种植物的味道弥漫在空中，像月光撒下的微尘。

森林前面有一条小溪，是从山峦的后面绕过来的，那样子，就像是一个人走路累了，躺在树荫下休息了，在这里没有发出一点声响。

随着一阵轻轻的哼声，森林边上的空地上，一下子亮起四双亮晶晶的小眼睛，那亮光，就像是太阳的微光将黑夜烧了几个小小的圆洞。透过夜色，悄悄地看着这里即将发生的故事。

走在前面的是母豪猪，她一边走，一边从喉咙里发出低沉的“哼哼”，身后的三个小幼崽，并排在一起，肩并着肩，随着母豪猪的叫声，整齐地迈着步子。

母豪猪叫博茨娃娜，此时她一副小心翼翼的样子，向前走几步，就会停下来，转动着老鼠一样的脑袋，四下瞅瞅，有时还会抬起头，使劲翕动着鼻翼，嗅着空气中的气味。

比较弱小的动物都特别重视空气中的气味，把空气中的气味当做自己最要好的朋友。因为食肉动物一般体味都较大，如果附近有食肉动物，他们的体味就会随空气传过来，就像传来一个及时的警告一样，那气味好像也有了温馨的提示音：小心，前面有猛兽，请尽快躲避。

小的动物接到气味的警告，都会迅速地离开。而猛兽有时也会随气味追随而来，但已经晚了，小动物大多已经躲藏进了安全的地方。猛兽有些失望，拖着尾巴，在原地转几圈，露出锋利的牙齿，歪着头，吼叫几声，然后默默地向别的地方走去。

豪猪博茨娃娜之所以这么紧张，都是因为身后有三个幼崽。他们才出生一个多月，今天是她第一次带他们来河边饮水。显然，博茨娃娜紧张的情绪也影响到了三头小豪猪，不然他们才不会挤在一块呢。

这也是小豪猪的智慧，如果分散开，他们的身体会显得弱小，遇到敌人，就起不到震慑效果，而挤在一起，那体积就一下子大了三倍。而且，小豪猪身上的棘刺虽然已经变硬，但还比较短，收起来后，弧形一样贴在身上，就是挤得再紧，也不会伤害到对方。

三头小豪猪也随着母豪猪的叫声

“哼哼”叫着，不一会儿，他们就来到了溪水边，妈妈先找一处地势平坦的地方，引领三头小豪猪走过去。她先喝了几口水，然后跃上一块石头，向四下张望着，担任警戒。

三头小豪猪仍像在路上走着的样子，在河边站成一排，学着妈妈的样子，低下头，嘴巴扎在水里，不一会，水里就“咕嘟咕嘟”地冒出气泡，原来豪猪饮水时，习惯把头扎进水里，然后往嘴里猛吸一口，水喝进去后，总要向外呼气，也许是为了节省时间吧，向外呼气的程序也在水里进行了，所以水里会不停地向外冒气泡。

直到喝足水，三头小豪猪才抬起头，粘在嘴巴上的水珠有的会滴落在小溪里，三头小豪猪便会同时甩一下头，把粘在嘴巴上的水珠甩向别处。

三头小豪猪喝完水，母豪猪从石头上跳下来，重新跑到小豪猪身边，“哼哼”叫几声，然后带头在溪水边趟着水，三头小豪猪也学着她的样子，在水里来回趟了几次，这是他们要用水把身上的气味冲掉，敌人就没办法依靠气味一路追踪他们了。

趟完水，博茨娃娜并不带着小豪猪上岸，而是沿着小溪一直向上游走去，直到走出三四百米，才带领小豪猪爬上岸来，一字排开的三头小豪猪一上岸，又重新肩并肩地挤在了一起。

在博茨娃娜带领三头小豪猪离开不久，有一头黑熊也来到小溪边饮水，岸边豪猪留下的气味让他兴奋起来。

此时，黑熊连水也顾不得喝了，他围绕着豪猪一家留下的气味嗅来嗅去，有几次，鼻子都拱到泥土里去了还不肯罢休，仿佛豪猪一家就藏在泥土下面似的，两只前爪也随之挖起土来，挖一会，停下来，鼻子扎进坑里嗅一嗅，接着又是一顿猛挖，不一会，就挖出半人深的大坑，直到小溪里的水渗过来，才晃了晃脑袋，失望地从坑里爬出来。

原来，博茨娃娜在那儿撒了一泡尿，所以那个地方气味最大，黑熊还以为找到豪猪的洞穴了呢。

黑熊也许有好几天没有找到食物了，显然他不甘心就这么离开，仍在原地不停地转着圈子，后来他又顺着豪猪留下的气味走到水边，那气味到了水里就消失了，黑熊明白，豪猪一家是趟着水走了，但他们是向上游走去了呢，还是向下游走去了呢？黑熊一动不动地冲着溪水发了一会呆，猛地掉头冲到岸上，“呼”地抬起两只前脚掌，像人似的直立起来，在转动着脑袋张望的同时，嘴里还“嗷呜嗷呜”地叫着。

此时，豪猪一家也是刚爬上岸，距黑熊也就是三四百米的距离，这么近的距

离，加上这么凶猛的吼叫声，三头刚出生一个多月的小豪猪被黑熊的狂叫声吓得惊叫起来，甚至吓得四肢发软，瘫在哪里不能动弹。

三头小豪猪的惊叫声像尖尖的钩子，一下子把黑熊的耳朵拉了过来。

博茨娃娜一看目标暴露了，嘴里“吱吱”叫着，身上的棘刺也“唰”的一声直竖起来。三头小豪猪听了妈妈的叫声，虽然身子仍被吓得抖个不停，但并没有四处逃窜，而是学着妈妈的样子，也直竖起身上的棘刺。远远望去，四头豪猪的后背简直成了导弹发射平台，只等得一声令下，就会万箭齐发。

随着一阵急促的呼吸声传来，黑熊像一阵风似的已经冲到博茨娃娜面前。

北美巨翅鵟

美洲库氏鹰

博茨娃娜竖着身上的棘刺，摇晃着身子，棘刺摩擦发出“嘎嘎”的声响，黑熊猛地收住脚步，半低着头，打量着眼前的豪猪，一时竟不知道如何下手。

三头小豪猪躲在博茨娃娜身后，也看出黑熊内心的迟疑，像是给博茨娃娜鼓劲，更像是和妈妈联合起来，一起恫吓黑熊，只见他们三个一起“吱吱”地叫着，身子也步调一致地左右摇晃着，身上的棘刺时不时地会碰撞在一起，发出更大的“嘎嘎”声。

黑熊绕着豪猪一家转着圈子，也许他是第一次见到有三个脑袋的豪猪，一同仰着脑袋，一块张着嘴冲着他尖叫着，每当黑熊转到三头小豪猪身旁时，都忍不住下意识地向后退几步，伸在嘴外的舌头也会随之收回口腔内，那是他内心紧张的表现。

博茨娃娜看在眼里，她知道黑熊一时还不敢对三只小豪猪动手，自己只需集中精力对付这头黑熊就可以了。

因没了后顾之忧，博茨娃娜的动作也敏捷了许多，只见她仰着头，大张着嘴，并把尖尖的牙露出来。一付无所畏惧的样子。

博茨娃娜当然不是黑熊的对手，但假如不是特别饥饿，黑熊也不会将豪猪作猎物。因为豪猪的刺只是很松地嵌在皮肤上，遇到攻击很容易脱落。一旦不小心，豪猪的棘刺就会刺到了脸上或皮肤里，因为这棘刺都是带倒钩的，只要扎进去就不容易拔掉，即使不会诱发伤口感染，日复一日的疼痛也是一件难以忍受的事。

黑熊自然明白这一点，但他并不打算就此放弃。所以，他试探着又向前迈了一步。博茨娃娜见恫吓也没令黑熊知难而退，也是一个急转身，以背部和臀部朝向黑熊，使尽全身力气，令脊背上的棘刺像箭一样指向黑熊。

黑熊并没有后退，而是又向前逼近了一步，博茨娃娜紧张的嘴都变了形，竖立起来的棘刺也在急骤地颤动着，嗓子里还发出拉长的尖叫声。

黑熊其实有他的主意，别看博茨娃娜脊背上的棘刺厉害，假如慢慢接近，再趁其不备，将博茨娃娜的身子翻过来，那里是毫无保护的腹部，再一掌拍下去，定能取了博茨娃娜的性命。黑熊一掌拍下下去，能将一头正在奔跑的成年公野牛的头盖骨击碎，更别说失去保护的豪猪了。

打定主意，黑熊屏住呼吸，放轻脚步，一点点向博茨娃娜移动。

博茨娃娜并不知道黑熊奥卡万戈的主意，因为没了黑熊的脚步声，她就是打算用后身撞击黑熊也没有目标，她又不敢轻易转头，因为头部同样没棘刺保护，极易遭受攻击。可是，黑熊身上的腥臭味越来越浓，母豪猪知道黑熊离自己越来越近了，她后肢向前弯曲着，几乎把脊背鼓成了一个随时向后滚动的圆球。

三头小豪猪看得真切，眼看黑熊一步步逼近博茨娃娜，而她仿佛还没察觉到，三头小豪猪尖叫一声，同时冲了上去。

只见一头小豪猪一下子扑到黑熊的前爪旁，张嘴就用尖利的牙齿咬进了黑熊的一只前掌，而另外两只小豪猪也分别咬住了黑熊的两只后腿。

黑熊被彻底激怒了，他哪里这样被欺负过，就是遇到再凶猛的动物，像狮子、鳄鱼，他也从没退缩过，没想到在这里被三只小豪猪崽咬伤了三条腿。

黑熊“嗷呜”狂叫一声，另一只前掌猛地抡了起来，使出浑身的力气向小豪猪的身上拍去。

就在这千钧一发之际，博茨娃娜身体倒退着撞向黑熊。同时，还猛地收缩背部的肌肉。绷紧的肌肉像拉开的弓箭，棘刺就像搭在弦上的箭，并靠肌肉弹动的力量，一支一支地射出来，虽然这些棘刺射出后的力量很小，没有杀伤力，但有一支正射在黑熊的眼角上，黑熊条件反射似的身子向上弹跳了一下，以躲避射来的豪猪棘刺，无

形之中，另一只拍下来的前掌的力量就减去了七八分，而此时，博茨娃娜已经把那头小豪猪护在身子下面，自己替小豪猪挨了重重的一掌。

黑熊一掌下去，就知道自己错了。随着黑熊又一声撕心裂肺的惨叫，三四支母豪猪后背上的棘刺已经刺穿黑熊厚厚的前掌，而博茨娃娜也有一口鲜血从口腔喷出去。

黑熊两只后掌站在地上，眼睛直直地盯着博茨娃娜，“嗷嗷”地吼叫着，又抡起了另一只前掌，刚刚被黑熊打得口吐鲜血的博茨娃娜，此时已没了反抗的力量，她已经全身发软，一动不动地躺在那里。

被护在豪猪妈妈博茨娃娜身子下的那头小豪猪已经从她身子下钻出来，而另外两只小豪猪也和前面这头小豪猪，并排站在一起，像盾牌一样，把博茨娃娜保护起来。

三头小豪猪一同仰着小脑袋，勇敢地直视着黑熊的眼睛。而黑熊高扬的前掌突然落下，并没有击打在小豪猪的后背上，而是顺势推了一只小豪猪一下，没有丝毫防备的小豪猪被掀了个四脚朝天，使其柔软的腹部暴露无遗，黑熊瞅准机会，猛地低下头，就向这头小豪猪的腹部撕咬去。

博茨娃娜看在眼里，再想过来急救，哪里还来得及。急得她不停地“吱吱”尖叫着。仿佛在警告黑熊：“别伤我的孩子！”又仿佛是在呼喊另外两头小豪猪，快去，快去救自己的兄弟呀！

果然，附近那头小豪猪就地一滚，一下子翻到了腹部朝天的小豪猪身上。躺在地上的小豪猪伸腿就紧紧挽住上面小豪猪的四肢，那样子就样手挽手一样，没有防备的黑熊奥卡万戈，猛扎下来的嘴巴上顿时被小豪猪的棘刺刺中了，黑熊嘴里呜呜叫着，还痛苦地抽搐着鼻子，放弃了继续攻击。豪猪一家这是捡了几条命呀。

黑熊把受伤的前掌端放在胸前，就像人受伤的胳膊打着绷带时的那个样子，慢慢腾腾地转过身，蹒跚着顺着小溪向下游走去。

博茨娃娜见黑熊离开了，虽然因为受伤没力气了，还是赶紧招呼三头小豪猪步履蹒跚地向森林里走去。

路上，博茨娃娜走得极慢，边走边用鼻子嗅来嗅去，然后在一个地方停下来，眨巴着小眼睛，像是在思考什么，随后用嘴巴猛拱地面，不一会，地面便被拱出一个小坑，植物的根茎便裸露出来，博茨娃娜“哼哼”叫了几声，招呼三头小豪猪前来进食，三头小豪猪这是第一次随妈妈外出采食，但他们一见那圆滚滚的根茎，仿佛就知道那是食物一样，三头小豪猪撒着欢地跑过去，头挤在一起，一块扑在食物上，而母豪猪则是满心喜欢地站在一旁，摇着尾巴，看着她的孩子吃食。

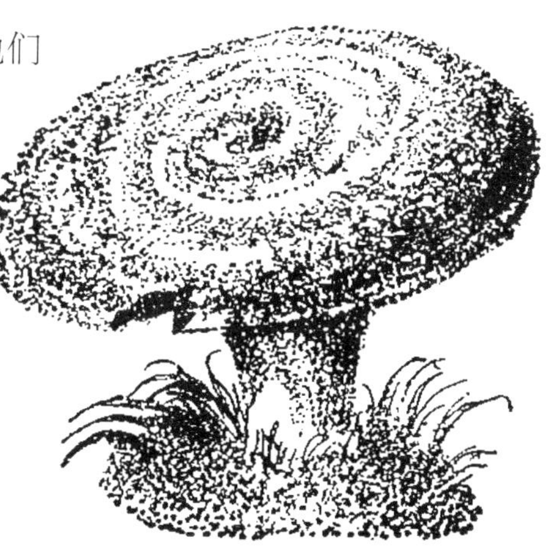

回家的路上，他们还找到一片野花生地，他们都吃得肚子圆滚滚的，跟皮球一样，一路滚动着回家了。

在森林深处，有一棵很大的胡桃楸，这棵树下有一个岩石自然形成的大洞，豪猪终于安全地回到家了。

# 憨蛇卢弯弯

卢弯弯不知道自己憨，可别的蛇知道。比如现在吧，天正下雨呢，别的蛇总要找个地方避一避雨，可卢弯弯就不知道躲，他像搞不清状况似的，腹部像一根竹竿搭在前面的石头上，椭圆形的脑袋直直向上翘着，雨水不停地打在他的头上，但他就像是感觉不到一样，一动不动。

天空一道闪电亮起，雨水更大了，卢弯弯的身子竟然向上一蹿，像一条鱼随着暴雨甩着尾巴不停地向上，朝着闪电的方向游了过去。其他躲在石头下的蛇呆了一样，他们不明白，卢弯弯怎么能飞上天去呢，难道他也要当那天空中的闪电？难道闪电也是由一条条卢弯弯似的蛇组成的？蛇想不明白，想不明白的蛇习惯把头往地上敲打几下，然后向下一弯，脊背向上一拱，像从滑梯的一边上来，又从另一面滑下去一样，转眼间就钻进洞穴里。

蛇洞里挤满了蛇，他们贴着凹凸不平的地面起伏着，翻滚着，蛇头习惯性地晃个不停，像火苗一样的蛇信子也像风一样刮进刮出。

而那只叫卢弯弯的蛇真的向闪电游去了，他也一定认为那道闪光是他的同类，他也要像他的同类一样银蛇狂舞，但他忘记了，雨总有小的时候，雨小了，闪电消失了，卢弯弯也没了劲儿，他像一条被乌云抛下来的草绳，瞬间掉在了一棵高高的波巴布树上，而且糟糕的是，卢弯弯掉落的地方正好就是大冠鹫的窠。

卢弯弯吓了一跳，条件反射似的盘成一团，只露出半截脑袋打量着四周，树上很静，只有树叶上的雨水顺着叶脉向下淌去，落到贮水塔一样的树干上，树干如同海绵一样，转眼间就把雨水吸到了里面。卢弯弯伸出蛇信子，没嗅到大冠鹫的气味，他甩了一下尾巴，绷紧的身子就像放松了的弹簧，一下子由里到外地松散开来，蛇头高高地举起又弯下，用鼻孔的前端在一枚卵上触了一下，那卵在发出细碎的裂纹声的同时，还向前滚动起来。卢弯弯逆势把身子挡上来，那枚卵就滚到了卢弯弯身边，它前后晃了晃，就像卵里有一双翅膀，正跳着脚要向上飞翔，卢弯弯慢条斯理地张开大嘴，想把那枚卵整个吞下去。

可大冠鹫的卵明显要比卢弯弯的口腔大多了，但卢弯弯仍旧不改要把那卵吞下去的打

算，只见他像放吊桥似的放下自己的下巴，搭在那枚卵前，颈部也向躯体里缩进去一大截，整个蛇嘴就如同从长布袋之中长出来似的大了许多。

那枚卵向卢弯弯的口中一点点走去，其实卢弯弯正收缩口腔内的肌肉，在外界看来，他的口腔如同有了吸引力，等那枚卵被口腔吞进大半后，卢弯弯就地一转身，先翻过身子，再转过头部，然后头部放松了一下，再慢慢向上抬起，那样子，就像一条蛇在做仰卧起坐似的，而那枚卵也在这种独特的运动方式下，被吞进了肚子里，如此一来，卢弯弯本来匀称的身躯一下子从中间鼓起来一个疙瘩。

如法炮制，卢弯弯又吞下窠里另外两枚卵，现在他身体内就有了三个鼓鼓的大疙瘩，看到他的样子，让人自然而然地想起结绳记事的绳子。

卢弯弯很满足，他几乎要把这个巢当成自己的家了，身子沿着巢边一圈一圈地转着，蛇头偶尔探出去，向下张望。就在这时，空中传来两只大冠鹫“忽溜，忽溜”的长啸声。

卢弯弯心里一惊，猛地抬起头向空中望去，只见一雄一雌两只成年大冠鹫一前一后在空中盘旋着，这是他们发现猎物的表现，突然，两只大冠鹫向相反的方向飞去，然后又猛地掉转身体，收拢起翅膀，身子呼啸着扑向地面，对地面的猎物前后夹击。

雄大冠鹫在贴近地面的刹那，身子猛地一倾斜，面向地面的翅膀在张开的瞬间，斜着向前扇了一下，地面上的草也随之向前倒去，而隐藏在草丛中的那条身长约两米多的黑曼巴蛇，身体像由两个S叠加似的向上竖着，蛇头也随着雄大冠鹫翅膀的劲风，向前倒去，也就是在这条蛇倒下的同时，雌大冠鹫的爪子一下就抓到了他的颈部，并随之飞上高空。

黑曼巴蛇在雌大冠鹫的身体下扭动着，长长的蛇身也借着惯性一次又一次地甩鞭子一样向上抽去，雌大冠鹫扑腾着翅膀，左闪右躲着。而雄大冠鹫猛地一拔高，只几个上跃，就飞到雌大冠鹫下方，在与雌大冠鹫交叉而过的瞬间，身子翻转，爪子向上一抓，死死地抓住黑曼巴蛇的尾巴，加之两个大冠鹫是逆向而飞，在电光火石间，黑曼巴蛇的身体如同拔河用的绳子，“嘭”的一声绷得紧紧的。接着，雄大冠鹫的另一只利爪在黑曼蛇身上只是划了一下，那黑曼巴蛇就一分为二。

卢弯弯吓坏了，本来刚进完食，身子疲倦，想睡一会儿，此时他不敢大意，逃命要紧！卢弯弯就像树上淌下的一股溪流，转眼间就没入树下的草丛。他紧紧贴着地皮快速地爬行着，而两只刚刚捕获猎物的大冠鹫也回到了自己的巢穴里。只见这两只大鸟缓慢地向上反拍着翅膀，长长的爪子直直伸向巢里，就像飞机降落时放下了起落架。树叶上的水珠也飞溅起来，如同散落的珠子，在阳光里闪耀着光辉，碎玉一般落向地面。

卢弯弯知道这美丽的画面都是暂时的，用不了多久，这两只大冠鹫还会像黑色的火焰在空中燃烧。果然不出所料，雄大冠鹫的爪子还没落入巢中，向上反拍的翅膀便向下狠狠拉去，隐藏在翅膀中的脖子一下子凸显出来，长长的，就像刺向空中的一把利剑，两只尖尖的爪子并排着猛地向前一伸，然后又向后用力蹬去，茂盛的波巴布树也向后晃了一下，随着“滋咕”一声长啸，雄大冠鹫向空中扑去，而雌大冠鹫也像雄大冠鹫的影子，如影随形。

卢弯弯头也不敢抬，身子画着曲线逃向自己的洞穴。还好，自己的洞穴距波巴布树不远，眼看快到自己的石头城堡了，却被两只大冠鹫发现了。他们的眼睛在冒火，向内弯曲的喙像是要把嘴边的风划破，发出尖厉的声音。而他们巨大的身影，就像从天而降的两个黑漆漆的斗篷，转眼间就向卢弯弯的身上罩了过去。卢弯弯弯曲的身体猛地拉直，“嗖”的一声滑入石缝之中，就是这样，还是晚了一步，细细的尾巴被大冠鹫踩个正着，紧接着尖利的喙叼住了卢弯弯的尾巴，想把卢弯弯从石缝中拖出来。卢弯弯死也不肯就范，他宽大的腹鳞依次竖立起来，死死地抓住地面，并借助肋骨产生的推力，向前挣扎着。

一个想把对方从洞穴中拖出来，一个想摆脱对方的利爪，几经努力，卢弯弯占了上风，只听“哧”的一声，卢弯弯的尾巴上硬是被脱掉了一层皮，大冠鹫一愣神，觉得爪子下空了，低头一看，爪子里除了薄薄的一层蛇皮，哪里还有卢弯弯的踪影。

两只大冠鹫蹒跚着迈上乱石堆，偶尔会斜着眼向石缝里张望，或者用爪子扒一下石缝，蛇的浓烈气味从石缝中飘散出来，但他们毕竟没办法把卢弯弯从石缝中掏出来，只是无奈地悲鸣着，偶尔还会边扇动翅膀边跳脚。

云层中时隐时现的夕阳。渐渐远去，两只大冠鹫知道再也找不回他们的卵了，才从乱石堆上跳下来，一步一步向家的方向走去。

逃脱两只大冠鹫追击的卢弯弯痛苦极了，最痛苦的不是他的尾巴上被大冠鹫的利爪扯下了一层皮，而是吞进肚子里的一只蛋怎么也摔不碎，但他还是不停地往石壁上撞击着，身边是他刚刚吐出的另外两只卵的破碎的外壳，而肚子里的这只蛋，感觉越来越硬，坠得肚子疼痛难忍。直到这时他才

明白，圆圆的东西不一定都是卵，还有石头，而这块像是卵的石头，是雄大冠鹫的枕头。

原来大冠鹫也会像乌鸦一样，睡觉时，喜欢枕在一块凉凉的石头上面。

等卢弯弯明白了这些之后，他不再挣扎，现在他所能做的就是等夜深人静之时，拖着笨重的身体，远远地去那条河流的上游去，那里的泥土富含碱性，他只有吞入大量的碱性泥，增加腹腔中的润滑程度，再通过反刍，把吞入腹中的那块石头吐出来。

夜幕升起来了，黑暗中透出的深蓝一直伸向无垠的远方。满天的繁星，如同躲藏在孤寂中的虫鸣，地上细细的草茎犹如大地的触须，恪守在那里。而卢弯弯拖着肚子里那块石头也来到那条河流的上游，比他先到一步的还有一条水蟒，他在此之前吞食了一条未成年的鳄鱼，圆滚滚的肚子现在已经严重变形，那样子就像包裹在鳄鱼身上的一层外衣，他尽管吞食了大量含碱性的泥土，还是无法靠收缩肌肉把吞下去的鳄鱼吐出来，最后竟被鳄鱼涨破了肚皮，鳄鱼的爪子直直地从水蟒的腹腔中露出来，水蟒翻了个身，肚皮朝上，死掉了。

卢弯弯被眼前的景象吓呆了，他慢慢吞进一些含碱性的泥水，慢慢收缩肋骨，推动着那块石头向口腔运动，同时把嘴张得大大的，他多希望那块石头快一点从口腔中滚出来呀，他努力着，努力着，等待着一个奇迹的出现！

# 山鹰一家

山鹰阿尔利，住在阿曼普率山巅的一块大岩石上的巢穴里。这个大岩石就像山巅上搭起的一个瞭望台，站在那里，便能看到整个山谷的美景。

每天清晨，阳光刚从山巅露出额头，缭绕在半山腰上的云雾就一下子镀上了耀眼的金光。而那云雾，也像从睡梦中苏醒过来一般，奔腾着，汹涌着，就像万匹野马在草原奔腾，场面极为壮观。

而云雾的下方，由于阳光被云雾遮挡住，整个山谷、河流的景色时明时暗，好像沉浸在变幻多姿的梦境中酣睡，笼

罩着一种奇妙的朦胧和神秘。

山鹰阿尔利像铁一样坚硬的爪子，在岩石上猛地一蹬，身体便向山下冲去，又宽又长的翅膀顺势迎着山风打开，羽毛在风中抖动着，瞬间就飞到了山谷上空。

山谷里上升的气流透过翻滚的云雾冲击着阿尔利的翅膀，阿尔利就像是突然放松拉线的风筝，仿佛一下子被那气流吹到了九霄云外似的，顿时没了踪影。

过了很久，山鹰阿尔利才从太阳升起的方向飞了过来，身影与金黄色的太阳重叠着，犹如刚从太阳里飞出来一般。

紧接着，阿尔利向下一个俯冲，掠过翻江倒海的云雾，就势收拢了翅膀，头向下一低，如同一枚炸弹，向着地面呼啸而去。

山谷下的森林也像从睡梦中苏醒过来，不知名的鸟儿发出短笛一样的鸣叫，松鼠也翘着蓬松的大尾巴，在树丫间跳上跳下。只有枯叶一般的蝙蝠，“哗啦啦”地旋转着，像一缕烟一般被吸回山洞，树栖鼠蛇、森王蛇、后棱蛇和钝头蛇，有的盘踞在树枝上，有的则顺着树干爬下来，隐藏在草丛中，或者洞穴里。

山鹰阿尔利“啾”地叫了一声，好像在说：“新的一天开始了！”

在阿尔利离开巢穴不久，又有两只小山鹰从那块岩石上飞下来。这两只小山鹰是阿尔利的孩子，现在他们见爸爸离开了，也像没有约束了的孩子，马上冲出了家门。

第一只飞起来的是哥哥，爪子里还紧紧抓着一根比山鹰的翅膀还长的大树枝，看来他们要耍枪弄棒了。

显然，这树枝很重，哥哥只有不断扇动翅膀，才能一点点向高处飞去，而后面的弟弟却并不急着起飞，而是站在岩石上不停地拍动着翅膀，直到哥哥飞到了山巅的上空，才猛地一展羽翼，身体就像是一支射出的箭，急速地向前面的哥哥追去。

飞在上面的哥哥像是悬停在那儿一样，翅膀向上隆起，如同鼓满风的大黑袍子，而头则向下弯曲着，居高临下地看着从后面追赶上来的弟弟。

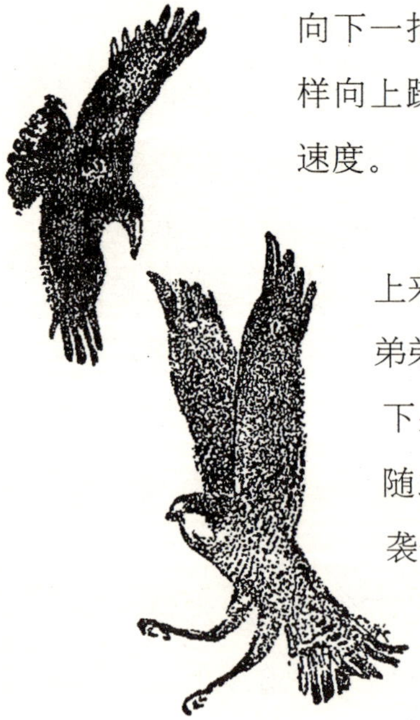

后面的弟弟自然也不甘示弱，翅膀猛地向下一拍，缩紧了双肩，收拢了翅膀，这样向上跃飞时，就会减小阻力，增加飞行速度。

飞在上面的哥哥见后面的弟弟追了上来，爪子一松，就把树枝冲着后面的弟弟扔了过去，而弟弟只是轻微侧了一下身体，翅膀向内倾斜过去，身体也随之改变了飞行方向，在躲过树枝的袭击后，发出“啾啾”的叫声。

那树枝越落越快，快得就像把空气刺破了一样，发出“嗖嗖”的声音。

这样的把戏玩多了，弟弟便想玩一些新花样，只见他先是翻了一个筋斗，紧接着又是一个倒栽葱，身体才像从高空中跌落下来似的，呼啸着向坠落的树枝紧追过去。在接近树枝时，弟弟一个斜飞，在飞过树枝上方时，伸出双爪，就把那树枝握在爪下。

山鹰弟弟的力量很大，他在握住树枝后，不是先随树枝下落一段距离缓冲一下，然后再向高处飞去，而是双爪向下一抄，然后就向上飞去。这一动作虽然看似平常，但并不是所有的山鹰都能做到。

山鹰弟弟越飞越高，直到超过山鹰哥哥的高度，才示威似的抛下树枝，长啸一声，那意思就像在说："看你的了！"

哥哥仿佛被弟弟的态度激怒了，身体也向上一纵，就冲了上来，在冲到弟弟身体下方时，身体一个翻转，就变成了脚上背下，铁钩似的爪子，一下子就向弟弟的腹部击了过去。

弟弟感觉到了腹部有风袭来，便伸出爪子阻挡，而哥哥就势把弟弟的爪子紧紧钩住。由于他们是反方向飞行，在爪子钩在一起的同时，由于巨大的惯性冲击，瞬间改变了各自的方向，在空中旋转了一周。

也许是双方的力量势均力敌吧，他们俩谁也不能向前飞行半步，只能在原地不停地旋转着。

就在双方斗得难解难分之际，只听他们上方传一声嘹亮的长啸，那是山鹰爸爸回来了。

哥哥和弟弟停止了争斗，迅速向爸爸飞了过去，因为只要爸爸呼唤他们，说明又有食物可以吃了。

等哥哥和弟弟飞得近了，才看清爸爸爪子上抓着一条蛇。

哥哥和弟弟一看那蛇的颜色就马上警惕起来，只见这条蛇头部鳞片呈黑色，有鲜明的红色边缘，那鲜艳的颜色和花纹，说明这是一条毒蛇。

此时，这条蛇仍在爸爸的脚下扭动着身体，蛇头努力地向上伸去，想在爸爸的身上咬上一口。

但爸爸不会给蛇这样的机会，只见他一只爪子紧紧攥住蛇的七寸，另一只爪子则紧紧攥住这条蛇的腹部，这样一来，蛇的上半身根本动弹不得。

毒蛇一般都会依仗着自己鲜艳的保护色，让敌人知难而退。在山林里，就是老虎、狼、狐狸见了他们，也不会主动招惹他们，就连他们的天敌山鹰，除非是非常饥饿，一般也会避开他们。久而久之，毒蛇在这片山林里就变得有恃无恐起来。

这条毒蛇，在黎明时分成功偷袭了一只味道鲜美的灰斑鸠，因这鸟体型较大，吞噬下去并不容易，这条毒蛇先是给这只灰斑鸠体内注射了足够量的毒液，等灰斑鸠中毒而死后，再用身体一圈圈地缠绕在灰斑鸠身上，将灰斑鸠挤压成细长状，才张大嘴巴，伸长了脖子，艰难地向嘴里吞咽着。已经被挤压改变了形状的灰斑鸠像是在蛇口中不断调整着位置，这条毒蛇大张的嘴巴随着头部的隆起，也逐渐合拢起来，只有一截灰斑鸠的尾巴，还留在这条毒蛇的嘴巴外面。

这条毒蛇吞噬灰斑鸠的过程太过漫长了，再加上此时毒蛇的注意力全部集中在了吞噬上，假如遇到袭击，便很难有还击的能力。

其实这条毒蛇也是有一些担心的，但他看到在树林里飞舞的大都是一些飞蛾，或者是一些小鸟在树梢上戏耍，也就放松了警惕。突然，他只觉得头顶上方的光线一暗，就像有一片乌云飘过似的，接着就有强劲的风挟带着草屑和沙尘迎面扑来，这条毒蛇鼓着角质的眼睛，身体就地一个翻滚，堵塞在口腔中的灰斑鸠也像受到了惊吓，一下子滑落进毒蛇的腹部。接着蛇头向下一低，就向草丛中钻去。

而山鹰爸爸速度更快，下落的爪子就像梳子一样顺着那条毒蛇钻进去的草丛由后向前一梳，那条毒蛇就被从草丛里抓了出来，向前鼓动的翅膀随之平伸，然后向空中冲去。

山鹰爸爸一边飞一边“啾啾”地叫着，两只小山鹰听到爸爸的呼叫，一前一后地飞了过来，爸爸见两只小山鹰渐渐飞近了，脚下的爪子一松，那条仍不停扭动的毒蛇，便像一条绳子，弯曲着向地面坠去。

对付蛇这一类猎物，山鹰常常采用高空抛下的方法杀死他们，而对野兔或者飞鸟，山鹰只需用那强有力的爪子前后一划，就能把这些猎物的皮肉撕碎。

那条毒蛇越坠越快，刚刚玩过抛树枝游戏的山鹰兄弟，显然把这条毒蛇也当做一根下落的树枝了，或者唯恐被另一只山鹰抢了去，翅膀紧紧地收拢在身上，头下尾上，身体旋转着，向着下落的那条毒蛇追了上去，在接近那条毒蛇的瞬间，翅膀也不打开，一只爪子向下一伸，然后向上一勾，哥哥就把这条毒蛇的腹部紧紧抓住，而弟弟则伸出双爪，攥住了这条毒蛇的尾巴。

下落的毒蛇，突然又被抓住，而且抓住的位置不是七寸部位，这条毒蛇就知道这是一只缺乏捕猎经验的小山鹰。再说，现在离地面已经很近了，只有反击，才有逃脱的机会。所以，这条毒蛇的蛇头像箭镞一样，由下而上，冲着山鹰哥哥的腹部就咬了过去。

山鹰爸爸惊叫一声，想过来相救，哪里还来得及。

也许山鹰哥哥和山鹰弟弟都想把这条毒蛇据为己有吧，抓住毒蛇后翅膀并没打开，这样借着强大的惯性，就更利于在空中转弯并向前俯冲，果然，这两只小鹰在捉住毒蛇的同时，身体便转向了相反的方向。

弟弟是两只爪子同时攥住了蛇的尾巴，就比哥哥一只爪子攥住蛇的腹部显然要牢得多。因为弟弟的拉扯，哥哥的爪子便顺着蛇身向蛇头方向捋了过去，这条蛇怎么也没想到，随着蛇身在铁环一样的山鹰爪下捋过，别说再向山鹰哥哥反咬一口了，就连刚吞噬进腹内的那只灰斑鸠也被硬生生挤了出来，掉向地面。

随着蛇头卡在山鹰哥哥的爪子中，这条毒蛇的身子顿时也被绷紧了，如果没有一方主动松爪，由于向前的冲击力受到阻碍，便会向回反弹，两只小山鹰的身体就会碰撞在一起，很有可能会让两只小山鹰受到致命的伤害。也就在这一瞬间，及时赶来的山鹰爸爸，伸出爪子在那条毒蛇的身体中间，只是划了一下，那条毒蛇就断为两截，两只小山鹰的身体如同用力投掷出的飞镖，转眼就没了踪影。

爸爸左右回头顺着哥哥和弟弟的方向各看了一眼，又"啾啾"地叫了几声，好像在说："这条蛇我是从中间分开的，可别说我偏袒谁。"

接下来，阿尔利身体就像固定在那儿一样，锐利的目光紧紧盯着地面，像在寻找着什么。

原来，从惊恐状态中恢复过来的阿尔利，想起了从毒蛇口中挤压出来的那只灰斑鸠了。两只小山鹰有那蛇肉吃了，肯定能吃饱了，那只灰斑鸠就当早餐，犒劳自己吧。

但山鹰爸爸在高空中看了半天，也没有发现那只死灰斑鸠的影子，却发现地上的茅草像被狂风吹过似的，不停地倒来倒去。

山鹰爸爸知道这是两只动物在那儿正在激烈搏斗，但是什么动物打斗得这么激烈呢？

山鹰爸爸又降低了一些飞行高度，现在他终于看清了，那儿有两条蛇在地上翻滚着。一条通体为嫩绿色，蛇嘴里有刚刚吞噬进一半的灰斑鸠；另一条通体灰色，只有脖子和腹部是鲜艳的棕色。灰蛇趁大绿蛇吞噬灰斑鸠毫无反击之力的时机，竟然从后面吞噬前面的绿蛇，并且已经吞咽下小半截身子。

前面的绿蛇想吐出嘴里的灰斑鸠回头反击，但灰斑鸠随着挣扎的大绿蛇收紧肌肉，也无法被吐出来。

大绿蛇不停地在地上滚来滚去，上半部蛇身还向后面的大灰蛇缠去，但这些对后面的蛇不起任何作用，反而更加快了大灰蛇的吞咽速度。

阿尔利从来没见过这样的情景，当时他也有一些被吓蒙了，就在这两条蛇上方盘旋着，不知道如何是好。

山鹰爸爸不停地尖叫着，大绿蛇和大灰蛇听到山鹰爸爸的尖叫声，也不由大惊失色，身子一挺，就像是死去了一般，躺在那儿一动也不动。更奇怪的是，这两条蛇身上还发出腐烂变质的气味。

原来，这也是这两条蛇的逃生技巧，在遇到强敌，又无法逃脱时，便用装死来迷惑对方。许多动物是不吃尸体的，自然会对他们的尸体失去兴趣，等强敌走远了，再逃之夭夭。

如今这两条蛇想用装死的方法欺骗山鹰，显然是打错了算盘。

山鹰爸爸哪里知道他们是装死呢，还以为他们是真的死了呢。

死了的动物是没有危险的，山鹰爸爸一个飞扑下去，抓起两条蛇，就向高空飞去。

那两条蛇被山鹰爸爸攥在爪子里，再想反抗，哪里还有机会。山鹰爸爸飞到一片乱石堆的上方，一松爪子，两条蛇便翻着筋斗摔了下去，头部当场就被摔得血肉模糊，一命呜呼了。

山鹰爸爸追随着摔落在地上的蛇飞下来，爪子就势一抄，又向上飞去，一直飞回巢穴才落下来。

山鹰弟弟看到爸爸，向下伸着脖子悲泣地尖叫了一声。山鹰爸爸闻听小山鹰的叫声有些异样，扔下爪子里的猎物，才发现山鹰哥哥没有回来，山鹰爸爸知道情况不妙，随即飞上天空鸣叫着，山鹰弟弟也紧紧跟随在山鹰爸爸身后，像山鹰爸爸一样鸣叫着。他们在呼唤山鹰哥哥，但直到天黑，山鹰哥哥也没有回来。

山鹰爸爸和山鹰弟弟知道山鹰哥哥不会再回来了，虽然他们不知道山鹰哥哥是怎么死的，但他们还是期盼着山鹰哥哥能够回来。前不久，他们才失去了山鹰妈妈，如今又没了山鹰哥哥，一家子在一起的幸福就再也不会有了。

但有一只狐狸目睹了山鹰哥哥的死亡过程。

当山鹰爸爸用利爪将那条毒蛇的身体从中间一分为二后，山鹰哥哥便携带着那条毒蛇的上半身，飞到了这座山体的后面。正在山上寻找鸟蛋的一只银灰色的狐狸突然见一只山鹰飞过来，吓了一跳，身子马上紧紧贴伏在地上，一动也不动，就像一块石头一样。

山鹰哥哥果然没发现银灰狐狸的存在。在这样的时候，很多动物都会用自己的智慧保护自己，而逃跑则是最愚蠢的办法。虽然狐狸能极快地奔跑，但等于把自己的位置告诉了山鹰，结果还是会被山鹰很快地追上，然后被山鹰那锋利的爪子，把身上的皮肉剥开。

狐狸虽然没有狼和狮子的凶猛，但他却拥有其他动物不具备的智慧，所以，狐狸能很好地生活下去。

山鹰哥哥松开爪子，钩子似的喙就像握在医生手中的手术刀，低下头，就向那条毒蛇的身上划去。没想到，这条被断为两截的毒蛇并没有死，只是昏迷了过去。当山鹰哥哥的喙刺破那条毒蛇的腹部时，剧烈的疼痛让他一下子苏醒过来，并条件反射似的抬起头，向上咬了一口。

山鹰哥哥觉得脖子一麻，那条毒蛇的毒液就注入了山鹰哥哥的身体。没过多久，山鹰哥哥就觉得身体僵硬，脚下一软，一头栽在地上，翅膀拍打了几下，就死去了。

毒蛇鼓着眼睛，张大嘴巴，一副要把山鹰哥哥吞噬下去的样子，此时他仿佛已经忘记了，自己的肚子没了，就算能吞下山鹰哥哥，可又能装在哪儿?！

银灰狐狸见山鹰哥哥死了，从地上一跃而起，上去只一口就咬碎了那条毒蛇的脑袋，然后把他们拖回洞，饱餐了一顿蛇肉，山鹰的尸体被狐狸很好地掩埋了起来，留到以后再享用。

山鹰哥哥死去了，只留下山鹰爸爸和山鹰弟弟在一起生活。山鹰爸爸自此更不敢大意，除了外出捕猎，就是陪在山鹰弟弟身边，并教会了他许多生存本领。

几个月后，山鹰弟弟便成为一名出色的猎手。长大后的山鹰一般都会离开自己原来的家庭，独自开始新的生活，山鹰弟弟也不例外。

过了一年又一年，山鹰弟弟自己也做了山鹰爸爸，为了养育小山鹰，做了爸爸的山鹰弟弟不得不捕捉各种猎物，每改变一次食谱，山鹰弟弟就要变换一种捕猎技巧。虽然同为捕猎，但其中的变化却非常大。

比如捕捉野兔时，就要从后面快速飞扑上去，等身体接近野兔时，翅膀猛地由后向前扇去，正向前奔跑的野兔被强大的气流裹挟着，身体一下子翻了个四肢朝天，而随后伸过来的爪子，只是在野兔柔软的腹部一击，便把野兔的身体捣出一个窟窿。只有那些没有捕猎野兔经验的山鹰才会直接捕捉野兔的脊背。

最重要的捕捉技巧是捕鱼。阿曼普率山下的小溪里有不少大鳟鱼，这种鱼也异常凶狠，他们常常把边飞边贴近水面饮水的鸟儿当猎物，一条大鳟鱼一年杀死的鸟儿，比一窝山鹰吃掉的还要多。

因为小溪的水流特别清澈，加之这一段的山势比较平缓，从上面飞过的鸟儿，一眼就能看到水里的大鳟鱼，自然就会远远地躲避开。

大鳟鱼为了不让鸟儿看清自己所在的位置，有的隐藏在水里的石头旁，水流冲激到石头上就会激起涟漪，这就影响了鸟的视线。更叫绝的是，有的大鳟鱼还会自己用尾巴制造涟漪，而鸟还以为这涟漪是蛾子掉落在那儿荡起的呢，就前去观看，大鳟鱼就会从水中跃起，把飞鸟拖入水中。

也不知道从何时起，山鹰弟弟发现了这个秘密，看到平静的水面突然涟漪不断，便“嗖”的一声飞过去，爪子对准涟漪中心，就像瞄准了靶子的中心位置，促爪一捉，就有一条大鳟鱼被带出了水面。

大鳟鱼离开水面后，身体仍像强劲有力的肌肉一样扭动着，山鹰弟弟边飞边用爪子调整大鳟鱼的方向，由横握在爪中，改为竖握在爪中。远远看去，不像是山鹰弟弟带着大鳟鱼在飞，而像是大鳟鱼变成了“飞鱼”，带着踩在他脊背上的山鹰在飞呢。

山鹰弟弟高超的技术，也引起了其他山鹰的注意，并纷纷效仿，且一学就会，不能不说这些动物都很聪明。

奇怪的是，人有时也会驯化这些动物，但动物们总是记不住，而同类只是不经意地做一次动作，其他的动物就能牢牢地记在心里，这大概就是驯和学的区别吧。

因为其他山鹰也学会了山鹰弟弟的捕猎方法，常常来这片山林捕食，山林的动物和小溪里的大鳟鱼的数量下降很快。

山鹰弟弟第一次意识到领空领地的重要，可那些外来的鹰已经习惯到这片山林猎食了，要想驱赶他们走，也很不容易。

山鹰弟弟不停地驱赶着，但来这里猎食的山鹰有好几只，往往是刚赶走了这只，那只又来了，遇到厉害的对手，还要和山鹰弟弟打上一架。

山鹰弟弟虽然捕猎技术高，可从没和同类打过架。期间，他也想迁移到别的地方生活，等他飞了一圈回来之后，才发现每一块地方都有属于自己的主人，别的山鹰哪里肯容忍外鹰进入！

有一天，山鹰弟弟的目光锁定了一只野兔。在这片山林里，很久没见到野兔出现了，山鹰弟弟很是兴奋，他强抑制住狂喜的心情，身体的重量就像突然减轻了一样，而身体也像一片薄纸，隐入林中，无声无息地跟踪着。

野兔并没有发现身后尾随而来的山鹰弟弟，他在树下跑跑停停，有时还会用后腿站在地上，瞪大眼睛观察着什么。

但野兔所在的位置树太密了，如果贸然出击，野兔只需几个转身就会逃掉，而急速追赶的山鹰，则有可能伤了翅膀。

在山林里捕捉野兔比的就是耐心，只要野兔无意之中离开了浓密的树林，那么他的危险也就来了。

这只野兔能长期生活下来，说明他善于利用地形躲藏自己。山鹰弟弟观察了一阵，这只野兔就是不肯离开山林，即便遇到树木稀疏的地方，这只野兔也会选择贴近茂盛的野蔷薇一类的植物行走。

野蔷薇身上长满了刺，如果遇到敌人追赶时，野兔就能钻进去，而山鹰和狐狸则不能。

长时间在低空飞行，由于没有上升气流的帮助，没飞多久，山鹰弟弟就感觉到有些力不从心，便悄悄地收拢翅膀，想落到地上休息一下。就在山鹰弟弟落地的一刹那，山鹰弟弟脚踩在茅草上的声音惊动了野兔，只见野兔回过头来向高处跳了一下，马上看到了站在身后的山鹰弟弟，这只野兔顿时紧张起来，为了摆脱山鹰弟弟，这只野兔马上在树林里狂奔起来。

山鹰弟弟见自己的行踪暴露了，也不再隐藏，迈开双

腿，晃动着笨拙的身体在后面紧紧追赶着。

野兔跑了一段后，停下来，回过头来又是一跳，见山鹰弟弟不是飞行，而是用腿奔跑，就有些放松了警惕。一只山鹰，哪里能通过奔跑追上野兔呢！

野兔哪里知道，这也是山鹰弟弟用来麻痹他的手段。果然，野兔在奔跑了一段路后，神情也就松弛下来。或许他想，只要不离开野蔷薇，什么山鹰呀、狐狸呀都不必害怕他们，大不了他们追上来，往里面一躲就行了。

野兔这样做，他的安全底线其实就没有了。每破一条底线，他就会拿新的底线安慰自己，就这样，野兔渐渐远离了树林和野蔷薇。等他意识到这一点，想往回跑时，山鹰弟弟双腿在地上一蹬，便飞了起来，挡住了他回去的路。

这只野兔抬起头向前望去，山坡上光秃秃的，没有什么地方可以隐藏。但现在思考这些已经晚了，野兔一个弹跳就跑了起来，有力的后腿甚至把草屑都扬了起来。

野兔飞奔着，他记得越过这片山坡，前面就是一片树林，只要进了树林，就安全了。

野兔在前面跑着，山鹰弟弟在后面追赶着，跑着跑着，这只野兔就有些灰心了，无论怎么奔跑，无论怎么躲闪，都没办法摆脱山鹰弟弟，看来今天是难逃一死了。

而山鹰弟弟却不急于出击，他是想耗尽野兔的体力，再捕捉时遇到的反抗就会小许多。

野兔越跑越慢，东倒西歪的，连方向感也没有了。

明著名画家吕纪画的山禽图，画中山禽与山鸡（雉鸡）相似。

清代著名画家沈铨画的山禽图，画中山禽与山鸡形似。

明吕纪画的鹰

雉鸡，又叫山鸡。

雄雉鸡守在正孵卵的雌雉鸡

丹顶鹤，也叫仙鹤。

山鹰弟弟见时机成熟，展开翅膀就落在了野兔的身上，野兔从没遇到过这样的情景，挣扎着，带着后背上的山鹰弟弟，在原地转来转去。

山鹰弟弟腾起一只爪子，照准野兔脖颈就抓了下去，然后另一只爪子向下一蹬，正好蹬在野兔的臀部。

被击中脖颈的野兔自然要把脖颈向后仰，而山鹰弟弟的另一爪子在飞起时又向下蹬了一下，整个动作就像设计好的一样，野兔的身体就在空中翻转过来，露出最柔软的腹部。山鹰弟弟身体向下一落，爪子也向着野兔的腹部抓了过去，野兔圆睁的双眼，充满了对死亡的恐惧。

但野兔并没有死，另外一只山鹰看到山鹰弟弟捕获了一只野兔，立刻从高空俯冲下来，用翅膀拍击山鹰弟弟。

毫无防备的山鹰弟弟一下子被打翻在地，翅膀上的羽毛也被折断了好几根。

山鹰弟弟从地上站起来，眼睛死死盯着这个外来的山鹰，他知道这一仗是无法避免了。

外来的山鹰把山鹰弟弟打翻在地后，便用爪子紧紧抓住野兔的脊椎，想要离去。山鹰弟弟向上一跳，就用尖利的喙向外来的山鹰后背上啄去，然后一甩头，羽毛纷飞。

外来的山鹰自然不肯善罢甘休，丢下兔子，就和山鹰弟弟用翅膀互相击打起来，他们从地上一直打到空中，也不知道打了多久，只见一只山鹰从高空栽落下来，这只山鹰受了重伤，连翅膀都被折断了，山鹰的身体重重地摔在山脚下的岩石上。不久，山鹰身上的羽毛脱离了山鹰的尸体，顺着山风飘舞在空中，久久不肯落下。

从此，这个山谷成了外来鹰的世界。

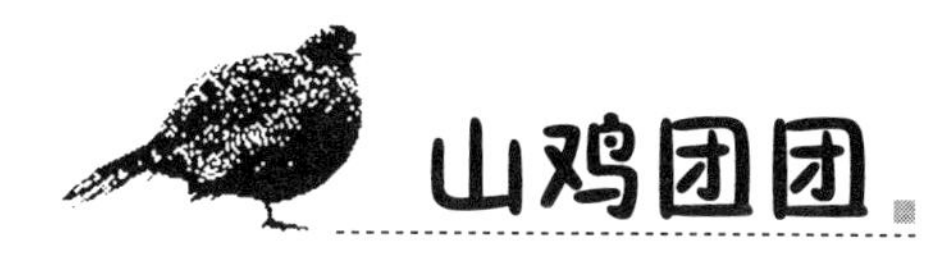

# 山鸡团团

山鸡团团出生在格尔齐齐山脚下的一个草穴里，走出草穴，就是浓密的草丛。草丛里的虫子很多，有会结网的蜘蛛，也有会鸣唱的蟋蟀，还有会跳舞的蝴蝶，更多的是螽斯、金龟子和毛毛虫。山脚下，是一条蜿蜒的小溪，里面的水哗哗地流淌着，遇到石头，还会飞溅起浪花。那浪花，像抛在空中的水晶珠子，被阳光一照，明晃晃的，但瞬间又跌落进流水中，不见了踪影。

团团长这么大，还没去过山顶。山顶上，云雾缭绕，听说那儿有专吃山鸡的老鹰。

虽然团团没去过山顶，但老鹰却经常飞到山下来，母山鸡就是被山顶上的老鹰捉去的。

那还是夏天，母山鸡带着团团和另外六只小山鸡，“叽叽”着走出草穴，这七只小山鸡刚孵出来不长时间，有的羽毛还没干。

有些鸟类和一些哺乳动物，出生后会有一个比较长的哺育过程，山鸡则没有，一出生，就必须学会自己寻找食物。不过母山鸡也会照顾他们，就是教他们如何寻找食物。

母山鸡走在整个鸡群的最前面，她一边在草丛中走路，一边打量着地上，一旦发现哪儿有异样，尖利的爪子就会伸过去，按牢，然后使劲向后一刨，隐藏在土里的小虫子就会被挖出来。那虫子在地上弹跳着，扭动着，母山鸡追上前去，用喙在那虫子身上猛啄几下，虫子便身受重伤，失去了逃跑的能力，母山鸡冲着小虫子“咕咕”叫着，好像在说：“宝贝们来呀，这儿有好吃的东西！”

小山鸡闻听叫声，扇动着小翅膀，跌跌撞撞地跑过来，虽然虫子很小，但几只小山鸡仍争来抢去的。有时，一只小山鸡把虫子叼在嘴里，转身就跑，后面的小山鸡哪里肯放过，就在后面追赶，母山鸡见此情形，就会“咯咯”地叫几声，好像是在笑。

有时，两只小山鸡同时啄一条小虫子，样子像极了拔河，只见两只小山鸡同时绷紧了身子，身子使劲向后倾斜着，而细小的爪子则死死地抵在地上，他们就这样僵持着，除非虫子拉断，或者一只小山鸡放弃。对这些，母山鸡从不干涉，因为这并非仅仅是孩子成长过程中的游戏，更是生存技能的锻炼，只有

身体强壮，才能适应环境并活下来。

山鸡是一种胆子非常小的禽类，他们每天必须时刻小心翼翼，因为他们的敌人太多了。

天上飞的有老鹰，地上跑的有狐狸、狼，就连爬着走路的蛇也会袭击他们，而他们却没有什么防身的武器，唯一能做的就是躲避和逃跑。

母山鸡一边看着小山鸡东瞅瞅、西看看地在草丛里寻找着食物，一边小声地“咕咕”叫着，那是在提醒小山鸡：跟着走，可别走丢了。

小山鸡一个个也都听话，只有叫团团的好像比较顽皮，喜欢独自跑着玩，当她看到花朵上有蝴蝶飞舞，就跳跃着去捕捉。但她的脚力现在还不够，跳不了多高，翅膀的力量也借助不上，但她不肯放弃，仍不停地跳着。

在花朵上采花粉的蝴蝶被团团的举动吓了一跳，但那蝴蝶看团团并没什么恶意，便飞下来，落到团团的头上。那翅膀还一张一合的，就像团团头上开了一朵花似的。

母山鸡没注意到团团落在了队伍后面，她仍小声“咕咕”叫着，她是要领小山鸡到溪边饮水。

等团团发现身边没了其他山鸡的踪影，便惊恐地尖叫起来。团团一边叫，一边在草丛里跑来跑去地寻找着，可母山鸡已经走远了，听不到山鸡团团的叫声。此时，她正和小山鸡们沿水边一字排开，等着饮水。

母山鸡低下头，把喙扎入水中，在水里吧嗒一下嘴巴，像是在品尝水的味道，然后仰起脖子，喙又轻轻吧嗒了两下，一口水就喝了进去。

小山鸡也学着母山鸡的样子，把小喙扎到水里，低头、仰脖、吧嗒嘴，这是小鸡们孵出来后第一次品尝到水的滋味。

溪水虽然好喝，但小溪边可不是久留之处，说不定哪一块石头后面就隐藏着狐狸，哪一条石头缝隙里就潜伏着毒蛇，住在山顶上的老鹰也在高空盘旋着，俯视前来小溪边饮水的动物，寻找捕获的对象。

老鹰属于小型猛禽，一般以山鸡、鸟类、鼠类为食，但这些都是胆子特别小的动物，就是外出活动，也都特别谨慎，想要捕获也并不容易，所以老鹰要经常外出巡视猎物。今天，机会终于来了，母山鸡正带着小山鸡在溪边饮水，此时不捕获，更待何时呢！

正在高空盘旋的老鹰猛地收起翅膀，呼啸着向地面俯冲而来，快到地面时，老鹰侧了一下身子，翅膀也瞬时打开，地上的茅草，也被老鹰翅膀卷起的劲风吹得向两边分开！

“咯咯，咯——哆——啰，嘎嘎！”母山鸡尖叫起来，这是她招呼小山鸡们快躲起来，敌人来了。

小山鸡们听到母山鸡发出的警报，有的扑腾着小翅膀拼命钻进石缝中，有的向茅草丛里钻去，可母山鸡不能躲藏，她还有孩子需要保护，只见母山鸡双腿猛地在地上一蹬，迎着老鹰飞了过去。

老鹰被母山鸡的举动吓了一跳，老鹰知道，在高速飞行中与母山鸡相撞，那就等于同归于尽。

老鹰下意识地向旁边一转身，翅膀与母山鸡擦肩而过，顿时，老鹰和山鸡翅膀上的羽毛都被碰落了许多根。

“嘎嘎！”母山鸡又是一声尖叫，扑腾着翅膀落进一片草丛中。老鹰也“啾溜啾溜”地发出一声声长啸，翅膀向下一沉，身体马上又转了过来。

母山鸡还想飞起来撞向老鹰，但她的翅膀被茅草缠住了，何况在和老鹰的翅膀碰撞时受了伤，现在已经飞不起来了。

若是换作以往，母山鸡也许早就吓破了胆子，更别说和老鹰作战了。但现在却不一样了，她有小鸡需要她的保护，母山鸡也一下子变得无所畏惧起来。

但母山鸡毕竟不是老鹰的对手，老鹰瞅准机会，在飞过母山鸡头顶之时，收拢的翅膀猛地展开，劈头盖脸地从母山鸡的身上横扫过去。

这一击，老鹰用上了翅膀上的全部力量，母山鸡顿时被重击得踉跄起来，就在这时，抓住这个空当的老鹰的爪子向下一落，就站在了母山鸡的后背上，母山鸡的嘴角流血了，但她仍不肯倒下，驮着老鹰向前跑去。

母山鸡明白，只要离小山鸡远一些，他们就安全一些。

老鹰对今天能捕获母山鸡很满意，所以他并不急于把母山鸡杀死，而是让自己像个骑手似的，让母山鸡驮着他走。

也许是老鹰觉得玩够了，才抬起一只爪子，按在母山鸡的头上，爪子轻轻一收，就把母山鸡的头攥在了爪子中，翼展也上下一起一伏地扇动着，就这样，母山鸡被老鹰带上了高空。

“嘎嘎！”母山鸡仍在尖叫着，那声音是那么凄惨，仿佛是在说：“孩子们，今后没了我，你们要照顾好自己呀！”

团团听到母山鸡的叫声，扑腾着翅膀向着山顶追去，但她也只是向上追了几步，就再也看不到老鹰的影子了。

没了母山鸡，其他的小山鸡也不知道去了哪里，团团在草丛中寻找着，一直找到天黑，也没发现他们的影子。

就是在那天夜里，小山鸡团团龟缩在一簇茅草里面，小声“叽叽”着，那声音听起来像是在哭泣。

天上的星星，像凉飕飕的雨滴，一会儿划落一颗，每到这时，小山鸡团团就会打一个寒战，好像那凉飕飕的雨滴落在了她的身上一样。

现在，山鸡团团一点睡意都没有，有的只是恐惧。她睁大眼睛看着眼前的一切，一有风吹草动，就随时准备逃跑。

草丛里不时有萤火虫飞过，不知道他们是从哪里来，又准备飞到哪里去。草根下的小虫子呢哝着，那声音弱弱的，一声接一声，也许他们和山鸡团团一样睡不着。

第二天一早，山鸡团团抖抖小翅膀，接着去找母山鸡和其他小山鸡，她强烈地感觉到感觉他们还都在。

山鸡团团漫无目的地寻找着，虽然不知道母山鸡和小山鸡去了哪里，但她还是觉得，只要找，就能够找到。

东边有太阳，有太阳的地方就温暖，也许他们去了东边。团团向前伸着脖子，迈开小脚丫，就向东面奔跑起来，也不知道跑了多久，光线一亮，原来团团已经跑出了茅草地，来到了乱石滩。乱石滩都是一些褐色的碎石，像是从山体上倾泻下来的一样，走在上面，东倒西歪的，一点儿也站不稳。团团知道找错了方向，站在那里迟疑了一会儿，接着又向另一个方向跑去。

自从母山鸡被老鹰掳了去，团团到现在还没吃过食。她感到肚子饿了，身子也有些站立不稳。团团曾看到母山鸡用爪子把地刨开，在土里找虫子吃，团团也想这样做，但她现在还是太小了，爪子根本刨不开地面。再说，并不是所有的地方都有虫子吃，团团现在还不懂得这些。

团团的眼睛始终盯着地下，没多久，还真让她看到一条已经死去的虫子。团团忙跑过去，用喙在上面使劲啄几下，直到把虫子的躯体啄烂了，才一点点吞下肚子里。

草丛中因各种原因死去的虫子有很多，这些虫子有的死的时间长，有的死的时间短，味道都不如活虫子好吃，但最起码团团不会饿肚子了。

吃饱了，团团拍拍已经有些力量的小翅膀，接着向前走去。这时，忽然有一股浓烈的腥臭味迎面扑来，团团急忙向后倒退几步，向前望去，只见一条白底黑条纹的大蛇，吐着黑红色的蛇信子，没有光泽的眼睛死死盯着团团，蛇脖子向里弯曲着，像一个蓄势待发的弓箭，只需轻轻一松手，那箭镞就会毫不犹豫地射向敌人。

这是团团第一次见到蛇，虽然谁也没有告诉过她蛇的可怕，但她还是感觉到了恐惧。这种恐惧，大概就是属于与生俱来的吧。

团团本来想逃跑，但身体仿佛被那条黑白蛇施了定身法，一动也不动地站在那里。

黑白蛇侧了一下头，角质的眼睛正好冲着团团，那样子好像在上下打量着团团，其实，这也是黑白蛇用来迷惑团团的鬼把戏，因为蛇的视力并不好，此刻他用眼睛对着团团，就是想把团团的注意力转移到他的眼睛上，如果团团长时间盯着他的眼睛看，就会感觉眩晕，失去方向和距离感，山鸡团团没有经验，她就这样看着蛇的眼睛，而没有注意到黑白蛇在向自己一点点靠近。

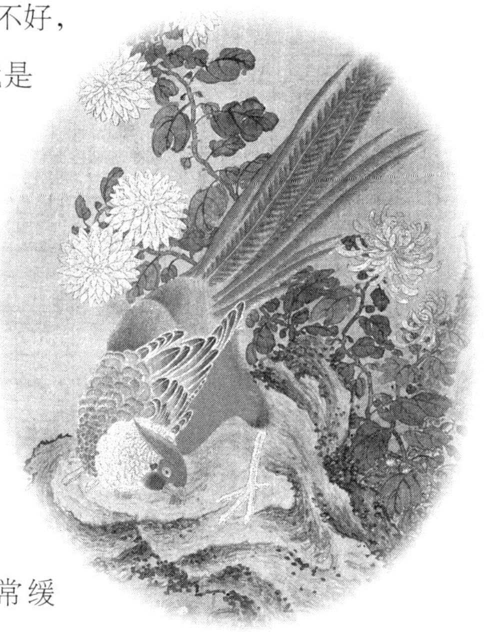

虽然黑白蛇移动得非常缓

慢，但时间长了，还是缩短了进攻的距离。黑白蛇贴伏在地上的身子腾空而起，张开的蛇口也随之向团团吞了过来。

团团弱小的身躯别说让黑白蛇咬上一口了，就是被坚硬的蛇头撞击一下，也会马上丧命。就在这千钧一发之际，只见一只满身长刺的家伙，突然出现在黑白蛇和团团之间。

黑白蛇也感觉到了情况的变化，像箭一样射出的蛇头，随着身体像拱桥一样向上隆起，竟被硬生生地拉了回去，就是这样，蛇头还是在那满身是刺的身体上方扫了过去，蛇的鳞片与利刺碰撞，顿时响起“咔吧咔吧”的声音。

黑白蛇知道，假如自己不往回拉动蛇头的同时，向上抬高身体，别说这么大的力度了，就是稍微用力撞击一下，那利刺也会刺穿自己的头颅，令他命丧黄泉。

这个满身带刺的家伙是一只刚生完小刺猬的母刺猬。

今天天才放亮，刚刚分娩的母刺猬到山脚下的小溪旁饮水，但她惦记自己刚出世的孩子，她知道此时的那些小肉球一点反击能力都没有，甚至连躲藏都不会。所以，她只喝了几口水，就匆匆忙忙赶了回来，但还是晚了一步，刚才还圆滚滚活泼可爱的两只小刺猬，已被在附近窥伺已久的黑白蛇吞入腹中。

黑白蛇见母刺猬赶了过来，心里也是一惊，慌忙逃去，母刺猬急忙追赶，但黑白蛇在草丛里，就像贴着地皮在飞一样，母刺猬根本追不上，转眼工夫，就没了黑白蛇的踪影。

母刺猬一边追，一边四处寻找，有时还会低下头来，鼻

子贴着地面向前寻找。因为黑白蛇留下的气味就是路标。

也不知道追出去了多远，母刺猬看到正要对小山鸡发起攻击的黑白蛇，觉得这是报复的好机会，便冲到了黑白蛇面前。

黑白蛇在收回蛇头之后，理智告诉他快快离开，所以他的身形向下一沉，身体就像顺着草丛蜿蜒流淌的细流，向前流去。

母刺猬怎么肯就此放黑白蛇离去呢，就在黑白蛇滑行的蛇身将要拉直还盘在一起的蛇尾之际，母刺猬那尖利的牙齿已经把蛇尾紧紧咬在嘴里。

“咝咝——”受伤的黑白蛇发怒了，条件反射似的回转蛇身，猛地收紧，一圈圈地缠在了母刺猬身上。

大概母刺猬刚才咬得太疼了，这疼痛已经盖过刺猬刺扎在蛇身上的疼痛。看来，黑白蛇是想用身体把母刺猬绞死！

刺猬也毫不示弱，就在黑白蛇缠住她身体的同时，就地一滚，带着缠在身上的黑白蛇，顺着山坡滚落下去。

山坡本不是平坦的，除了枯枝败叶，还有大大小小的石头，那石头有的还尖尖的，像锥子一样向上竖立着，没滚多久，黑白蛇的蛇皮就像碎屑一样脱落下来，黑白蛇“咝咝”地叫着，已无法再从母刺猬身上摆脱。

只见黑白蛇和母刺猬越滚越快，遇到大的石头，还会像皮球一样被高高弹起来，然后又重重地落下，接着向下滚动，一直滚到山坡下面，才停顿下来。

此时，黑白蛇已经血肉模糊，蛇头也不知道在什么时候被撞没了，尾巴也断了一截。而母刺猬的身体因为有黑白蛇的身体在外面保护，没受一点伤。

母刺猬抖动了一下身体，伸出爪子，扒开黑白蛇的肚子，寻找着小刺猬，哪里还找得到，母刺猬悲惨地叫了一声，又用鼻子去嗅，最后她还是失望了，那里连小刺猬的气味也没有了。

母刺猬又仰着头伤心地叫了一声，摇摇晃晃地向着山坡的方向走去，而这条黑白蛇的身体，就被遗弃在山脚下，也许用不了多久，就会成为食腐动物的美餐。

团团看到母刺猬回到山上，也慢慢地跟在她的身后，团团认定了母刺猬会是她的好朋友，离她住的地方近一些，无形之中就多了一些保护。

团团的想法没有错，因为她孵化出来第一天就失去母山鸡的保护，能活下来的机会真是太少了。

母刺猬刚失去了两个小刺猬，可能是特别伤心的缘故，也可能出于本能的母爱，竟然接纳了团团。

但刺猬只允许团团在她家的旁边住，而不允许团团走进她的家，也许刺猬清楚自己身上长满了刺吧。

刺猬真正接纳团团，那是两三个月以后的事了。虽然刺猬身上长满了利刺，但她也有自己的天敌，这个天敌就是猪獾。

团团不知道这些，还以为刺猬是世界上最厉害的动物。直到有一天夜里，睡在刺猬窝旁边的团团，听到刺猬发出凄厉的如同婴儿哭泣一样的叫声，在这种哭声中有一种声音更令人毛骨悚然，那声音就像从凄风苦雨中飘过来一般："啊——嗷——呜呀呀！"那是猪獾准备向刺猬发动攻击时发出的声音。

团团听到刺猬的叫声，没有一丝犹豫，马上冲了过去。

山鸡的眼睛，晚上的视力比人类强不了多少，看什么都是黑糊糊的，但猪獾的身体要比刺猬大很多，团团冲上去，就用尖利的喙在猪獾的后背上猛啄了一下。

猪獾没想到背后会有动物攻击他，他"嗷嗷"叫着，挪动着并不怎么灵活的肢体，想回头看个究竟，团团双腿向上一跳，在身体下落的瞬间，又在猪獾的脸上啄了一下，这一

下正啄在猪獾的眼睛上，猪獾的眼球当时就破裂了，胶状物和晶状体随着鲜血从眼眶里流出来，刺猬也借此机会，逃离了猪獾的攻击范围。

猪獾像疯了一样，“嗷——啊——呀呀”叫得更响了，粗壮的爪子不停地拍打着地面，长长的嘴也是碰到什么咬什么，不长时间，刺猬的家就被夷为了平地。

而刺猬和团团，从猪獾的口中逃出来，顺着山坡向高处走去，她们这是要重新去找一个安身之所。刺猬和团团不停地走着，她们只有一个目的，离猪獾远一点儿就多一分安全。

也不知道走了多久，来到了一片茅草地，熟悉的环境和熟悉的气味让团团一下子想了起来，这里就是她的家，她就是在这里出生的。

团团“叽叽”叫着，一路小跑着钻进自己的草穴。草穴里，母山鸡的气味还在，小山鸡的气味还在，团团就像睡在他们中间一样，卧在草地上，没一会儿工夫就香甜地睡着了。刺猬和山鸡的食物链基本相同，从这以后，她们更是形影不离了。

转眼秋天到了，山上的狐狸此起彼伏鸣叫着。秋天里的猎物又肥又美，这也是狐狸收获的季节。只有天上的大雁“嘎嘎”叫着向南方飞去。

团团除了觅食，就是练习飞翔，现在团团已经能一口气从半山腰飞到山下，然后又从山下扑腾着翅膀飞回来了。她从来没意识到到了冬天，刺猬是要冬眠的。

清慈禧画的仙鹤图

清沈铨画的仙鹤图

清沈铨画的百鹤图局部

正在山顶盘旋的老鹰注意到了这只飞来飞去的山鸡，他悄悄地降低飞行的高度，寻找着出击的机会。团团已经意识到了这些，她也不再远离草穴，但仍在草穴上空飞来飞去。

老鹰一般更喜欢在空旷的地方捕捉猎物，因为在草丛里要想捕捉猎物有很大的难度，这里猎物可以藏身的地方比较多，弄不好，还会弄伤自己的翅膀。

今天，山鸡团团虽然还是只在草丛里飞来飞去，但她一次比一次飞得高，还“咯咯”地尖叫着，好像在向老鹰发出挑战似的。这只老鹰也已经有好几天没捕捉到猎物了，他的肚子实在太饿了，面对山鸡团团的挑战，他还是决定碰一碰运气。

老鹰再次降低了飞行高度，而山鸡团团却一拍翅膀，竟然迎着老鹰飞了过去。

“啾溜！”老鹰长啸一声，叫声未落，老鹰一收翅膀，猛地向团团俯冲过来，而山鸡团团，也是随即一收翅膀，身子像一块重重的石头向草丛里落去。

山鸡团团身体甫一落地，便甩开双腿，沿茅草中踩出的小路向前跑去。这茅草丛里还长有不少荆棘，老鹰也不敢用翅膀去拍击团团，落地后，双腿一蹦一跳地在后面紧追。

老鹰在地上显然没山鸡行动敏捷，只是一转眼的工夫，山鸡团团就钻进了自家的草穴。老鹰也一蹦一跳地追到草穴边，并不进去，而是低着头不停地向里面打量，等他确信山鸡团团就躲在里面，他伸出爪子向里抓了几下，可是根本什么也抓不到。

老鹰抬起头，眼睛左顾右盼着，那样子好像在思考，进去，不进去，这是个问题呀！

躲藏在草穴中的山鸡团团又“咯咯”尖叫了一声，正是团团的这声尖叫，促使老鹰弯下了腰，并像迈方步似的，迈着又粗又壮的两个大爪子，向草穴中钻去。与此同时，响起了老鹰凄惨的尖叫，还有翅膀疯狂拍击在草穴上的声音。

原来，老鹰的身体刚一钻进草穴，他那伸长的脖子就被刺猬妈妈死死地咬住，只一口，就把老鹰的脖子咬断了。老鹰尖叫一声，头栽了下去，笨重的身体也向前倒去，只有翅膀还在机械性地扑腾着。

刺猬咬死了老鹰，为山鸡报了仇。但有一点不是很清楚，这样的事情，刺猬妈妈和山鸡团团又是怎么计划的呢！

天气渐渐变冷了，刺猬的活动也越来越少，有时连草穴都不出了，山鸡团团好不容易找来的蠕虫，放到刺猬身边她也不知道吃。

在一个飘雪的日子，刺猬把身体蜷缩在厚厚的茅草中，闭上眼睛睡去了。整个冬天，日子好像特别单调，团团有时会飞到一棵树上，用喙猛啄，发出“叭叭，嗵嗵”的声音，好像是在说：“这样的日子好寂寞呀！”

有时团团会从这棵树飞到另一棵树，更多的时候，她会在雪地上用爪子刨来刨去的，寻找着可吃的食物。可食物真难找呀！那些日子，团团的肚子都是瘪瘪的。

有一天，山鸡团团又飞到树上用喙“嗵嗵”地啄树，远

处竟然有了类似的回应，团团抬起头向远处望去，发现前方一棵树上也站着一只山鸡，只不过那山鸡的羽毛要比团团的艳丽得多，而且尾巴上还有长长的羽毛，向下弯曲着，像彩绸一样在风中飘动着。

那是一只公山鸡。

也不知道为什么，山鸡团团看到那只公山鸡竟然有一种说不出的激动。她抬起头，冲着公山鸡扬着脖子叫起来“咯——克——咯”，这声音如果翻译成人类的话，大概是：“你是弟弟吗？”

“柯——哆——啰”对面的公山鸡也扬着脖子叫了一声，好像在说：“不是，不是，不过我对你的问题感兴趣！”

公山鸡说着，就展开翅膀，像一朵色彩斑斓的云彩在蔚蓝色的天空中飘了过来，并落在了团团身边，并慢慢向团团靠近，一边靠近，还一边小声鸣叫着，好像在说：“我想和你交朋友！”

团团也想有一个朋友呢，何况公山鸡这么威武漂亮。团团也向公山鸡移动了一下身体，那意思是告诉公山鸡，她愿意。

公山鸡直起身子，挺着胸膛，像表白似地使劲扇动着翅膀，翅膀拍击到胸脯上，发出擂鼓一样“嗵嗵”的声响，展示着他强壮的身体，就像人类拍着胸脯承诺，那是公山鸡在向团团表白呢。

公山鸡歪着脖子，用喙帮团团梳理着羽毛，清理上面的寄生虫。从此，他们成了最好的朋友。

从这一天，公山鸡和团团就经常在一起，他们一起在雪地上追逐、玩耍，一起寻找食物，有时公山鸡还会带着团团往山上的松林里去，只要公山鸡在松林里一出现，松林里的松鼠就会在树上上窜下跳的，脑袋冲下，尾巴向上翘着，瞪着亮晶晶的大眼睛，紧张地注视着公山鸡。看来，公山鸡是这里的常客了，难怪他来一次就会引起一次骚动。

公山鸡在松林里像寻找宝藏一样，东啄一下，西啄一下，趴在松树上的松鼠像大吵大闹似地乱叫起来，原来松鼠埋藏在那儿的松果又让公山鸡找到了。公山鸡就像没听到松鼠的叫声一样，用爪子把松果刨出来，再用喙把里面的松子啄出来，“咯咯”地叫着让团团去吃。

松子好香呀，吃在嘴里满嘴流油。这是入冬以来团团第一次吃了一顿饱饭。后来，公山鸡还带团团去山脚下的小溪里捉过小鱼小虾，团团的身体也一天天丰满强壮起来。转眼春天到了，春天是山鸡恋爱的季节。

在冬天，公山鸡和团团只是朋友关系，现在他们的关系更亲近了，等地上的嫩芽长出来的那一天，团团也正式把公山鸡迎进了家门——团团住的草穴。

睡了一冬的刺猬妈妈也从冬眠中苏醒过来，她第一次见到公山鸡，开始并不明白这是怎么回事，瞪着还有些睡意蒙胧的小眼睛，上下打量着公山鸡，但当她看到团团和公山鸡亲热的样子，她才知道团团已经长大了，也该有自己的家了。

刺猬欢快地叫了一声，然后迈着小腿跑出草穴，睡了一冬的她现在已经很饿了，她也要去寻找食物了。

刺猬顺着山坡一路向下走去，渐渐走出了茅草地，又越过一片乱石滩，她的家就在前方，她也该回家了，在春天里重新开始属于她的生活。

# 丹顶鹤撒奇

∨
∨
∨

在松嫩平原的沼泽和沼泽化的草甸中，那里生活着雄丹顶鹤撒奇和雌丹顶鹤露西。这里是国家的自然保护区。

广袤的沼泽地里，不仅有丹顶鹤喜欢吃的小鱼和小虾，还有柔韧的水草在风中摇曳着，而刚刚长出的芦苇花上，还有美丽的水鸟落在上面翩翩起舞。

天空很蔚蓝，鱼鳞一样的白云倒映在波光粼粼的水面，水面上便升腾起一片薄薄的烟气，水里的小鱼小虾也仿佛晃动起来。

撒奇站在一条清澈的水塘边，慢慢抬起一只腿，在水里洗了洗，落下，然后向远处望一望，再慢慢抬起另一脚，蜷在腹下，久久不肯放下。

“咯啊……咯啊……！”撒奇长长的脖子像静止了一样，死死地盯着来自声音的方向，那是他的妻子露西在呼唤他。

听到露西焦急且惊恐的叫声，撒奇知道，那一定是露西遇到大的麻烦了。

撒奇再也没有心情捕捉小鱼小虾了，瞬间在水面上扇动着翅膀狂奔起来，一时间水花乱溅。

撒奇的双腿渐渐离开了水面，翅膀也一上一下地拍动着，不长时间，他就飞回自己巢的上空。

露西正孵化雏鹤，今天在撒奇外出之前，露西还亲昵地弯着长脖子在他身上偎来偎去，撒奇看了看她腹下的卵，那卵经过露西体温的孵化，洁白如玉的蛋壳已经变成暗黄色，表面还有蜿蜒的黑红色的细丝，就像是裹在里面的雏鹤的血脉在流动。撒奇马上要做爸爸了！

撒奇低下头，用喙触碰了一下那将要孵化的卵，就像在亲吻他们，然后，好奇地侧目瞅着。

露西像是怕惊吓着雏鹤似的，冲着撒奇先仰着脖子轻轻地叫了一声，然后把脖子弯曲成一个大大的问号，用喙把身子下的卵往一块拢了拢，又挪了一下身子，把这些卵重新覆盖在羽毛下面。

撒奇恋恋不舍地离开露西，没想到，他刚刚离开，就听到露西的呼救声。

是什么动物在侵袭露西呢？撒奇降低了飞行高度，仔细观看着，那是一只刚刚成年的草滩狐。露西扇动着翅膀，身子半蹲着，头随着草滩狐跑来的方向转动着。

草滩狐通体雪白，只有尖尖的嘴尖上有一块黑黑的肉球，眼睛周围也有一圈黑色的眼圈，就像戴着一副黑框眼镜一样，又粗又长的尾巴拖在身后，嘴里“啊呜啊呜”地叫着，仿佛在说：“我可要冲过去了！”

露西的头一弯一弯的，长长的喙像一把带柄的水果刀，不停地挥舞着，阻止着草滩狐的进攻。草滩狐左冲一下，右扑一下，他是想引诱露西离开自己的巢穴，那样他就有偷袭的机会了。在草滩狐的不断骚扰下，露西的翅膀扇动得更厉害了，两条腿已经离开了地面。

撒奇见情况不妙，从空中飞扑下来，强有力的翅膀向下一倾斜，锋利的羽翎就从草滩狐的脊背上扫了过去。

草滩狐见露西搬来了救兵，顿时也提高了警惕，做好了迎击的准备。只见他身体向下一蹲，接着后腿猛地在地上一蹬，身体就跃起两三米高，同时张开大嘴，向着撒奇咬了过去。

撒奇没想到草滩狐会这样凶猛，紧扇了一下翅膀，急忙向高处飞去，还是晚了一步，翅膀上的羽毛被草滩狐咬下来一撮，像飘在空中的小船，摇晃着慢慢地落到地上。

撒奇的翅膀发出“啪嗒啪嗒”的声音，仿佛失去了向上的浮力，扇动的节奏也杂乱起来，一路歪斜地落在了不远的地方。

草滩狐的身体就像一道白光，向着撒奇的方向冲了过去，蓬松的尾巴随着身体的奔跑上下舞动着，那样子不像是在追赶一个猎物，更像是在表演。

撒奇一路歪斜地在前面奔跑着，草滩狐身子一纵一纵地紧紧跟在后面，但无论怎么努力，就是追赶不上。

跑了不长时间，草滩狐多少有些气馁，而撒奇也感觉到了草滩狐脚步的变化，便放慢了脚步，引诱草滩狐接着追下去，直到远离了自己的巢穴，才舒展开翅膀，飞了起来。

草滩狐知道自己上当了，但他好像并不急于离开，埋下身子，竟然在那里挖起洞来。

撒奇在空中滑翔着，注视着草滩狐的举动。

原来，草滩狐见撒奇突然飞了起来，自己只好来个急刹车，但随着惯性，一只前爪竟然滑到一个洞里，这真是失之桑榆，得之东隅。

草滩狐低下头，嗅了嗅气味，那堵在洞口的土显然是草地鼠刚堵上的，说明草地鼠就在洞中，草滩狐顿时兴奋起来，大有不把草地鼠从洞中挖出来誓不罢休的样子。

挖了一会，草滩狐卧在地上，将爪子伸进洞中，像是向外掏着什么，但什么也没掏到。

躲藏在洞中的草地鼠缩在角落里，瞪着惊恐的眼睛，一动也不敢动。

草滩狐站起身来，又在洞口张望了一会，接着也向别的地方跑去。

撒奇见草滩狐跑开了，越飞越高，洁白的翅膀上也被夕阳镀上了一层暗淡的金黄。

然而，草滩狐跑了一段路后，又蹑手蹑脚地返了回来，并把自己隐藏进一片草丛中，那样子，就像突然从草滩上消失了一般。

草地鼠是一种好奇心很强的动物，他在洞里听到草滩狐跑开了，仿佛非要亲自出来看一看才踏实。不一会，洞口便露出草地鼠那蘑菇头似的小脑袋，探头探脑的向外观察着，由于草地鼠长年在地下生活，视力极差，自然什么也不会看到。

草地鼠抖了抖胡须，用后腿站起身体，拉长了脖子向草滩狐逃走的方向注视着，而埋伏在他身后的草滩狐只一个前扑，就把草地鼠按在爪子的下面，草地鼠扭动肥硕的身子，“吱吱”尖叫着，想要从草滩狐的爪子下挣脱出来，自然是白费力气。

草滩狐叼着草地鼠离开了，撒奇也返回家中。

撒奇的翅膀向下倾斜着逐渐降低高度，然后反拍着翅膀落下来，露西轻轻叫了两声，好像在说：“孩子们，都出来吧，爸爸回来了！”

圆圆的巢穴里，就像揭幕仪式一样，一下子站起来三个小丹顶鹤，蹒跚着向撒奇跑了过来。

卵生动物是没有奶水可吃的，所以他们孵化出来的第一件事就是去水边补充水分。谁知让草滩狐一骚扰，就给耽误了。

露西轻轻叫了几声，就领着三只小鹤向前走去，撒奇则走在队伍的最后，以防有的小鹤掉队。

刚出壳不久的小鹤腿软软的，迈的步子也很小，露西迈一步，小鹤则要迈上十几步，就是这样，小鹤还会经常被倒在地上的芦苇拦住去路，身体强壮的小鹤就扇动着翅膀不停地向高处跳，直到跳过那根细细的芦苇为止，而身体弱的小鹤也想跳过去，却被芦苇杆绊了个跟头。

丹顶鹤一家走走停停，最后来到一个水塘边，选了一个水很浅，但很清澈的地方，三只小鹤一直盯着露西，露西低下头，把水含在嘴，仰起脖子，嘴尖竖起来，一口水就喝了下去，小鹤们也学着她的样子，做着同样的动作，嘿，他们从此喝到了生下来的第一口水。

小鹤们很兴奋，后来他们挤到一块，争着抢着喝同一个地方的水，好像那儿的水才更甜。

喝完水，撒奇和露西又一前一后领着他们返巢了。

回到巢穴，撒奇像卫士一样守在巢穴边，露西展开她的大翅膀，三只小鹤钻到下面，露西充满爱意地把脖子弯下来，轻轻拢着三只小鹤，不长时间，露西和三只小鹤都进入了甜甜的梦乡。

三只小鹤在雄鹤和雌鹤的精心照料下，长得非常快，两个月大时，身体就长得有成鹤一半高了，还长出了坚硬的羽毛。

期间，也曾发生过一次危险。

那天，撒奇去塘边觅食了，三只小鹤便围在露西身边追逐打闹起来。露西半眯着眼，在暖暖的阳光中打着盹。玩着玩着，三只小鹤便离巢越来越远。

小鹤开始是互相追逐，一只在前面跑，两只在后面猛追，等追上跑在前面的鹤，他们便停下来开始跳跃，跳起来后用长长的喙拍击对方的喙。

小鹤们的举动，引起了一只草原鹰的注意，他无声无息

地盘旋在三只小鹤的上空，观察着这三只小鹤的情况，等他确定雄鹤和雌鹤并没在他们身边时，便像一片乌云一样，向着其中一只小鹤飞扑下来。

三只小鹤长这么大，第一次遇到这么危险的情况，顿时被吓得乱作一团。

露西听到三只小鹤的叫声，顿时从睡梦中惊醒过来，也立刻大叫了一声，那是她向撒奇发出呼救信号，也是向草原鹰发出警告，不要轻举妄动。

草原鹰没会理会露西的警告，只见他抖动着翅膀，强有力的爪子向下一伸，随之又向回一缩，就把一只小鹤带到了高空中。

看到雏鹤被草原鹰抓走了，露西也“嗖”的一声飞上了天空，从后面紧紧追赶。

草原鹰飞行速度要比丹顶鹤快，但他现在爪子上抓着一只拼命挣扎的小鹤，速度自然就慢了许多，没追一会，草原鹰就被露西追上了，此时，愤怒已经让露西失去了理智，只见她一个上跃，就飞到了草原鹰的上方，并挥动着翅膀向着草原鹰扇了过去，草原鹰心中一惊，长啸一声，随之下降高度，而扇空了的露西，就势收拢了翅膀，一下子落在草原鹰的后背上。草原鹰无法再飞，扑腾着翅膀直直地落到了地上，被草原鹰掳在爪下的小鹤也落在不远处的草丛中。

草原鹰一落地，就和露西打斗起来，草原鹰依仗着敏捷和锋利的喙，撕扯着露西身上的羽毛，而露西则舞动着她那小刀把一样的大嘴，重重地敲击着草原鹰的身体，不长时间，草原鹰身上的羽翎也被折断了许多根。

草原鹰见势不妙，在地上蹦跳了几下，像一溜烟似的向空中逃去，结果迎头撞上火速赶来的撒奇。

面对敌人，撒奇更是凶猛，只见他收拢的翅膀猛地打开，借着急速下降的惯性，迎头扇在了草原鹰的脑袋上，只一下，就把草原鹰的脖子击断了，草原鹰随之翻滚着落到了地上。

露西在草丛中找到那只小鹤，只见他全身湿漉漉的，脊背上被草原鹰的利爪划了一道口子，还在淌着血水。露西难过地垂下头，用脖子把这只小鹤紧紧揽在胸前，一副唯恐失去的样子。

撒奇余怒未消，用坚硬的喙不停在死去的草原鹰身上击打着，直到将草原鹰击打得羽毛乱飞，血肉模糊，才把草原鹰叼在嘴里，一甩脖子，像掷铁饼一样，将他掷出去十几米远。

经过这次历险，小鹤们一下子成熟了许多，一家人的关系也比以前更加亲密了。

**致 谢**

本书彩色插图中，“蜜獾”一图出自http://hi.baidu.com/jygctmf/item/ff57fc771b068228d6a89c5e。另有部分图片来自维基百科网站和图书《飞鸟天堂》与《走兽天下》，在此深谢！